LOCUS

LOCUS

LOCUS

LOCUS

Beautiful Experience

tone 12
因數位而美麗——第一屆BenQ真善美獎作品大賞

策劃	明基友達文教基金會
責任編輯	李惠貞
美術設計	郭一栩
法律顧問	全理法律事務所董安丹律師
出版者	大塊文化出版股份有限公司 台北市 105 南京東路四段 25 號 11 樓 www.locuspublishing.com
讀者服務專線	0800-006689 TEL：(02) 87123898 FAX：(02) 87123897
郵撥帳號	18955675 戶名：大塊文化出版股份有限公司
總經銷	大和書報圖書股份有限公司 台北縣新莊市五工五路 2 號 TEL：(02) 8990-2588（代表號）FAX：(02) 2290-1658
製版	瑞豐實業股份有限公司
初版一刷	2007 年 6 月
定價	新台幣 380 元

Printed in Taiwan

因數位而美麗

第一屆 BenQ真善美獎作品大賞

序

數位鋼筆論，數位毛筆論

楊澤

I.

我們活在一個影像無所不在的世界裡。

我們也活在一個數位無遠弗屆的時代中。

有人也許會因此斷言，我們活在一個文字衰弱、漸漸沒落的弱智時代裡。

但事情的真相也許要複雜許多，也有趣許多。

II.

的確，我們活在一個新發明、新「玩具」不斷出現的世界中，桌上型電腦、筆記型電腦、隨身碟、錄音筆、數位相機、手機、iPod、iPod Photo，源源不絕。

數位滲入了人的皮膚，機器變成了人的身體的一部份，而影像，影像似乎化作了世界無所不在的一張網，無所不在的背景音樂，無所不在的壁紙，無所不在的「皮膚」。

當人們開始思考影像，他馬上發現：我們也許用皮膚感受，但無法用皮膚思考；也許用皮膚思考，但無法用之從事更複雜的「說讀寫」的工作。

半個世紀以前，有一群法國人在巴黎，他們早就察覺了這些，因此發明了所謂「開麥拉鋼筆論」或「電影鋼筆論」的說法。他們的理論很簡單：電影雖然主要是由影像構成的，但是影像就像語言，必須有章法；電影導演們固然用影像感受、思考，他拍電影，和作家用鋼筆寫東西，不管是詩或散文，並無太大不同。這也就是有名的「電影作者論」的由來。

III.

若干年前，我在紐約的 Strand，號稱世界上最大、舊書數以「里」計、最「長」的舊書店，找到了一本特別的書。那其實不是一本書，至少作者福克納——有名的美國小說家、諾貝爾獎得主，一度在好萊塢從事編劇，當初並沒有拿它當一本小說或電影劇本來寫。那是福克納年輕時代寫的詩，生澀極了，卻也浪漫極了，圖文並茂，如海報/ 詩頁/ 網頁般編在一起的「詩畫集」，活生生、活脫脫的一份少年情懷，他當年在美國南方鄉下別出心裁，想到以手工製作，用來獻給他所愛慕的女性的禮物或「證言」。

雖然我們不是福克納，可我們的數位生活與數位創作老早連結在一起，我們早就這樣做了。也許不是像少年福克納那種如臨大敵、煞有介事地寫詩求婚，也許不像地球另一端，有一群詩人畫家那樣大膽宣稱，欲投入殯葬業，幫眾生畫寫既哀傷又甜美華麗的祈禱文與訃文。話又說回來，既使地球另一端沒有這樣一群人存在，在經濟不景氣的年代，我們又何嘗不能為詩人畫家，為你我發起這樣一個新行業呢？我們老早就懂得拿數位相機編寫各式各樣的生活筆記、田野筆記、旅行筆記，舖上自己的網頁部落格，形成一種新的美學部落。

IV.

在數位生活的咖啡館裡，眾人用文字影像塗鴉，塗自己的鴉也塗別人的鴉，閱讀自己的生活，同時也欣賞別人的創作，共同形塑新時代的浮世繪，也共同編寫新時代的世說新語，誰曰不宜？

在數位生活的咖啡館裡，不是文字越界，也不是影像越界，而是文字與影像共同越界；不是科技越界，也不是人文越界，而是科技與人文共同越界，滲透人的皮膚底層，進入人的血管骨髓，跑到人類共同的形影神、身心靈裡。

世界不單是一個時空無限變幻、濃縮及延展的巨大網站，世界也是一個充滿了各式各樣、各形各色的「作者論」與「讀者論」的製片場，眾人都可以在此大顯身手，編導演樣樣來，一手打造製作出自己的「電視」、「電影」節目。

感謝 BenQ 明基友達基金會與中國時報人間副刊的創意構想，我們迎來了一個嶄新的數位創作時代，台灣的文學獎進入一個新的紀元。感謝古老的「詩書畫」三絕的傳統，我們不單可以拿嶄新的數位發明當鋼筆寫詩、寫散文，我們也可以拿它當毛筆畫畫，寫題畫詩及寫題簽。感謝大家，這是一個新的網路入口，新的美學部落在此集結，因數位而酷，而炫，而奇幻，而可愛，而美麗，有朝一日必將蔚為大國。

（本文作者為中國時報副總編輯兼副刊組主任）

目次 | Contents

數位・生活・真善美

蔣　勳

顏忠賢

郝譽翔

葉怡蘭

曲家瑞

王文華

虛擬的存在——我的數位記憶

蔣勳

數位是什麼？

與我同一代的朋友，或者完全與數位生活絕緣，堅持傳統的生活方式；或者已經努力趕上年輕世代的步調，每天坐在電腦前，寫作、搜尋資料、訂購書籍、安排旅遊、閱讀新聞、網路刷卡轉帳……適應新的數位世界，如魚得水。

顯然，數位時代的趨勢已全面來臨。今天二十歲以下的一代，不會再有任何對數位生活的疑慮、排斥或拒絕，他們，自然而然，在數位的生活中成長。

以書寫來說，我現在在電腦前按著鍵盤，與以往用手書寫是很不同了。

我的童年，書寫是一門重要的功課。作文、週記都用毛筆工工整整書寫。所有的作業，也都必須一筆一畫寫成方方正正的漢字。理化課，博物課，甚至數學課，寫錯了字，都可能被老師處罰，把錯字改正，重複寫一百次。

「書寫」不只是知識，不只是功課，「書寫」是一種道德。

大人們總是用「筆不正，則心不正」做教誨，使孩子們在「書寫」行為裡承受莊嚴的道德使命。

做錯了事也常常用罰寫字來懲罰磨練，「書寫」行為裡因此有太多與生命教養分割不開的聯繫。

手拿著筆，一筆一畫，工工整整，規規矩矩，在紙上書寫。「書寫」變成一種「銘刻」，是如此具體而且真實的記憶。

拿出少年時代自己的筆記文稿，還會嚇一跳。筆跡如此整齊規矩，在泛黃的紙張上，好像擁有對抗時間的頑強力量。

真的是「銘刻」，古人用刀把文字深刻在竹子上，深刻在石頭上，或鐫刻在銅器上，契刻在牛骨龜甲上，都是為了使「書寫」成為不可磨滅的記憶。

數位時代來臨了，我們還能保有真實、具體、不可磨滅的記憶嗎？

大約在二十世紀的八〇年代，我擁有了第一部電腦，在同年齡的朋友中，算是比較早接觸了數位科技產品。我委託學生從美國購買一部麥金塔 SE，放在桌上，覺得很美，沒有怎麼用，一擱就是幾年。

我仍然用手一筆一畫工工整整在小格稿紙上書寫，一本書，一寫十萬字，送到印刷廠，排成鉛字，一疊密密麻麻用手書寫的稿紙就丟到紙簍去當垃圾了。

那一部麥金塔後來轉送給朋友，過時了好幾年，她還稱讚好用。

沒有多久，我又買了一部 IBM 桌上型電腦，主機很大，面版視窗簡單，像現代極簡藝術品，我的數位生活還只是美學，並不能立刻實用。

隔一段時間就有一件數位「玩具」，隨身

碟、錄音筆、數位相機、手機、iPod、iPOD Photo、PDA、一直到掃描圖片、列印圖片、演講的 PowerPoint 製作圖檔，所有的產品都像新玩具，我也似乎重新經歷了一次數位的童年。

二十世紀的九〇年代，我還擔任教職，學生交來的作業大半不是手寫的，用電腦打字列印出來，整齊漂亮，看起來像正式的出版品。我這一代對印刷的出版品有無名的尊敬，出版印刷先經過「手工書寫」的千錘百鍊。年輕一代的「數位」，跳過了「手工」，外表漂亮，但往往不能細看，裡面不僅錯字白字連篇，詞彙亂用，或者整段從別處「剪下」「貼上」文句思路紊亂不通。

人類的文明往前遞進，從石器時代過度到陶器、青銅、鐵器，從手工作坊到大型工業，外在生產型式無論如何改變，沒有離開過「人」的本體。

歐洲工業先進國家不斷回到「人」的本體，思維工業、科學、數位發展的方向趨勢。

「數位」能夠離開「人」的本質單獨行走嗎？

數位在這小小的島嶼上的速度卻快到無法使人停下來或緩和下來思考。

我最後離開校園前，不但學生交來的作業全部是列印文稿，已看不到一張手寫作業；同時也有人交給我一張光碟，很酷地說：文字和圖檔都在裡面，你自己在電腦上看。或者比較善意地說：老師，你有 E-mail 信箱嗎？我把作業傳給你。

許多學生出國了，去歐洲的幾位，到現在還常常收到他們手寫的書信，套在美麗挑選過的封函裡，貼上漂亮的郵票（也是挑選過的），使我珍藏在抽屜裡，不時拿出來看一看。

也有一位在 LA 學數位藝術的學生，忍不住，勉強用手寫了一封信，質問我：怎麼還沒有 E-mail，你想從世界上消失嗎？這位被我激怒的可愛學生在信末補了一句：也好，總有一天，你會被送進博物館——寫字給人看。

我終於開始了我的數位生活，不是害怕被送進博物館寫字給人看，是因為 SARS 的流行蔓延。

病毒看不見、摸不到、嗅不到、聽不到，但是「存在」。病毒是多麼偉大的「數位」。

我停了所有的課，在家安置了一台新的電腦，找了一位騎車五分鐘可以到我家的工讀生，隨侍待命，解決我各種數位難題。

我認真進入了數位生活，數位的文字，數位的圖像，數位的聲音，這麼真實，又這麼虛幻。

我在鍵盤上敲出一個音，出來幾十個字，幾十個字同時「入選」我下面的思維，和我手寫時的思維如此不同。

我在視窗上掃描一張舊照片，調整亮度，裁切，放大或縮小，彷彿記憶在數位裡重新組合變化。

這是真實的存在嗎？我看著那些沒有存檔的文字圖像霎時消失，想到佛經裡的句子：「不生不滅，不垢不淨，不增不減」。

我彷佛努力調息，用長久手工書寫累積的近於禪定的力量，面對波濤洶湧而又如此虛幻的數位世界。

電腦裡儲存著許多虛擬的存在，我不放心，總是要列印出來，眼見為憑。

教我電腦的工讀生笑我保守，他說，你不是常說：色不異空，空不異色嗎？

漸漸電腦上手了，也就比較大膽，一次一口氣寫了一萬多字，正在得意電腦書寫與思維已經天衣無縫，忽然停電，我面對一片漆黑視窗，呆了許久，打電話召來工讀生，以為他有辦法拯救，結果一無所得，我覺得腦的記憶裡有一篇自己從來沒有寫過的一篇精彩文章，但是搜尋不出來了。我沮喪坐著，工讀生抱怨說：不是教你隨時要「儲存」嗎？

他發現我沒有反應，只好又進行他慣例的開示，嘆一口氣說：你不是常告訴我們佛經的「成」「住」「壞」「空」嗎？

我的電腦因此加裝了「不斷電」的保護系統。

我習慣在早餐後在電腦上看當日新聞標題，有關心的題目，才點進去看細節報導。

最頭痛的是夾在少數朋友信件裡龐大的「垃圾」廣告。

中毒的恐怖也有加裝的防護軟體減低了焦慮。

SARS 過後，我逐漸適應了新的數位生活，可以一面寫作，一面接通網路聽我最喜歡的法國古典音樂電台。

數位是如此自由的世界，不被驚濤駭浪嚇倒沒頂，就可以優遊自得，心事逐浪高。

畢昇在十一世紀初發明活字印刷術，被列為人類上一個一千年最重要的歷史變革。數位的發明，無疑地，也將是下一個人類文明最重要的歷史變革吧！

我的電腦裡儲存著許多古代藝術品的圖檔，有時後打開一張達文西的「施洗約翰」，不斷放大，看到最細小的局部，看到清晰與模糊的交界，再放大就只是虛擬的馬賽克方塊了，我停在那虛擬的片刻，知道「存在」對即使達文西而言，也有如此與虛擬的混淆交界。

第一次用 SkyPe 與遙遠地球一端的朋友通話，那聲音如此清晰，彷彿可以聽到空氣中許多長短輕重頻率的震動，像長長短短的線，像輕輕重重的點，像一列一列的數字，我唸給朋友聽的竟然是宋詞裡的句子：二十年來成一夢，此身雖在，堪驚——

我們的身體也是一種虛擬的存在嗎？

天使的BLOG 天譴

顏忠賢

傾斜（壹）

「人世間美好神祕奧妙ㄉSEX……有點變成野獸在花洩奇怪還出現在中時ㄉ部落格@_@請為下一代ㄉ小朋友健康教育著想吧!!」

對一個像我這種2002年去紐約才買第一台自己的NOTEBOOK，還用手寫輸入軟體，還不習慣上MSN，上網還只為了工作，而且不會打PSP、不會打線上遊戲的人而言，BLOG的花洩實在太新太像野獸太不健康了……

去年夏天，因為我開始在中時部落格上寫一個作家部落格，因此發展出一種用臨床性的不得不，半厭食症又半強迫症式地的態度，用以面對這數個月以來的開始了每天像自己看自已的病兼看自己的（這一則則讀者留言不像都像診斷般的）病歷表的日子。

我的「寫」，一如我的不美好不神祕更不奧妙的人世間，都不免開始傾斜了。

傾斜（貳）

「不知為何看這作者 blog 的回應像是到了病院探視隔著病房的鐵柵欄，聽許多人說自己是多正常，不該被關起來的實在有趣極了 」

但，即使傾斜是難耐的，我仍覺得 BLOG 不免以它得天獨厚的形式扭曲地片段地折射出這個時代的種種特徵。

傾斜（參）

「ha... 顏先生抱歉，不過這篇我也真的看不大懂……可能是中文造詣不夠好，不過不管看不看得很懂，我想裡面的情緒多少是可以感受到的。」

「作家的基本任務是使用讓人看得懂的順暢的文字來表達清楚的意念。否則就只是胡言亂語。並不是不知所云就可以穿上一件國王的新衣。因為浪費了我的寶貴時間，得罪了！」

像我自己這種是以「詩的往往荒誕」當底層體質來著色而以「評論的往往苦悶」當老式渦輪引擎來寫作的作者而言，面對 BLOG 的讀者以邊看邊找地吃「旋轉壽司」在挑選的速度、或以暴飲暴食地「吃到飽」在消化的習氣來讀……我是必然被嫌惡的，雖然我自以為用色情小說式較甜的口吻來掩護自己「太荒誕」「太苦悶」的體質或許可以滲透進去的 BLOG 裡的語言，但顯然是失敗而沒被看見的，被看到的還是那較甜的部分而已。

傾斜（肆）

從「帶著一種被業餘讀者網路蟑螂糟蹋的大隱隱於市式心情的體驗」到「文學式微的時代對不絕如縷的殘微薪火的守護」到「新媒體新世代新語言新文體的高度亢奮競技場的實驗」（我還曾想過更自編自導自演地經營我的 BLOG 自己寫貼文自己寫回響寫留言自己建連結網站……地將這裡當成一個劇場一個行動藝術式地玩）……我仍是擺盪的。

儘管我不像老派的文人那麼堅持自己的寫作題例、腔調來索引自己的風格的孤高，但我仍無法對不對的讀者更輸誠更熱絡地打呼吸打交道起來……我始終沒辦法說服自己邁向那種最有人氣的部落格是有來店禮的可以送下載圖案、音樂……那種服務業式的殷切與可愛……

傾斜（伍）

我的 BLOG 在留言中被說成是下半身爛文學（「我是一位高中生看到貴報對外開放之這部落格竟出現如此情色的文字絕得頗為不妥畢竟這是個沒有年齡限制的開放空間謝謝」）；說成是淫蕩私小說（「此文中充滿破碎的性幻想或嘴砲罷了。ONS ？台北的女人幾時不挑了？ 」）；說成是異性戀敢肉身書寫的稀有動物（「不論快樂是否是生日不論是天蠍的狠還是處女的碎碎唸不論是筆或嘴砲不論是同或異性戀不論幾歲不管真情假愛我都看到哭了。你說像 2046 里那個梁朝偉，他的良心在花樣年華就用光了。原來是這樣啊，我看這部片時所感到的不安是這個。」）；說成是村上村樹式的文藝少女的性幻想（「看了那多篇看你寫有關性愛ㄉ東西 這篇寫的最真實至少文字帶領我到還可以想像的範圍之內請問你對 20 幾歲的女人會有幻想ㄇ」）或只是 A 片或成人網站的同路人的文案（「我同意你【or 妳】到底要表達什麼很另類？很前衛？或是很性冷感？或是？你根本無性經驗？你的內容只像是低俗的日本 A 片。」）……

傾斜（陸）

我或許可以用某種川久保玲也出泳裝泳帽、山本耀司也做護腕護膝、GUCCI也出狗鍊、PRADA也做圓規……那種偷用核子動力潛艇的引擎去做電單車的心情來面對BLOG的「寫」。但我擔心的是像一個一生都致力於相撲的橫綱……那作為畢生修煉與全然敬業的巨大肉體身軀……若走出道場而走錯走進庸俗人間就往往只會被尋常的人們當成一個死胖子或減胖失敗的傢伙之類的尷尬。

傾斜（柒）

在「寫」上，我本來就會刻意閃躲太聳動太理所當然的題材或至少是選擇對其保持距離的寫法的，因為那太容易被一般讀者誤解，但經過BLOG裡的這麼多紛亂之後，我才更意識到這不正是作家和BLOG外真實世界溝通的方式也會有的必然困境，不論他將取什麼樣語言的策略與姿勢。都還是有環伺的埋伏。

「我不認為自己是道學先生也不懂散文與色情短文的界線我決定告訴你我真的真的很討厭你的部落格」

「這個時代真奇怪，看不懂別人文章的時候不會反省自己能力有問題倒反說是別人的寫作有問題文體本來就是作者經營的風格在世界各國都有知名作家刻意採取難讀、扭曲、變異的文體來寫作不喜歡，沒程度，看不懂，就去挑簡單的文章看，沒人擋著你」

我該寬心還是辯護還是勸架呢？

傾斜（捌）

我的態度是矛盾的，我的年紀應該還不是電腦白痴，但我的「數位化」卻還停留在船堅砲利的初步階段困難，還沒進入更裡頭的「駭客任務」般人生觀被完全內化插頭化的養成麻煩。

因為在 BLOG 裡，沒有淑世或文以載道的累，也不會有真的要去革命的忠貞，BLOG 的比私小説更私，比心情日記更心情，比大學小社團留言簿更碎碎唸的留言的體質更碎，用美眉自拍用熱話題燒火用 A 片女優貼圖用好友灌水衝人氣。我的防毒軟體般的老派辛苦文學觀並不能讓我倖免於這種純開心或白開心的病毒糾纏，而卻常在仍然中毒當機的同時，讓我想見識的 BLOG 的少有生猛好作品都也被當成垃圾郵件般擋掉了而看不到。

或許我把 BLOG 太當大驚小怪的事了，那不過是我自己往往都新的東西的過度熱情與好奇。「BLOG 對你真實生活的影響是被當成一個痛處，因為太入戲了，好像被下降頭」。我的自稱 3C 敗家子的朋友安慰我，對「寫」的旨趣或講究從來就不是 BLOG 最關心的。

傾斜（玖）

像天使的號角……不相信上帝的人們從不覺得害怕，正如他們也不相信天譴的。因為不信就不能再純真的 BLOG 卻因此是提供更好道具更好裝備地上膛上場的開心，在「寫」上頭，只玩自己的鳥與戰鬥，按不平摺不完的皺摺般依攻略本式地設定遊戲不假思索地進入自己的開心。

但遲疑而不容易開心的我因為是來得遲了，看太多從電視到電腦的出現，從 LP 到 CD 到 MP3 的出現，從 DOS 到 WIN 的出現，從去電腦中心上機到 PC 的出現……而不免是太舊的機種而玩不太起來了。

我還沒意識到 BLOG 提供某種更好的「歷史困境般的暗示以及干擾以及因之的測試」那種玩法……使自己必須測試自己即使彷彿被淹沒於舊的信仰或傷而動彈不得了，也必須想辦法發育出新的器官來應對進退般地在新的（BLOG）時代活下去。

傾斜（拾）

我能自憐自艾地說「BLOG只是一種文體而不是文學」來自欺嗎？在這裡，所有的修辭、節奏、形式、體例、腔調……不是都變了都走樣了。

從「向拉斯維加斯學習」到「向旋轉壽司學習」的寫的美學與寫的倫理學式的移動所帶來的陣痛……看來是無法避免的。

所謂BLOG「文字要低調才能和影像圖像或跨媒體聯結進入肉搏戰」，「故事情節主人翁都不能太深太沉太遠太難懂」，「『讀』的輕薄是一定要的啦」變成種種太早世故的訴求，其實只是使我在其中不得不從多年前寫第一本小說《老天使俱樂部》時代的老派文學的講究高密度刁鑽文字在其中溶解、移動、改變體質般地被稀釋而屢敗屢戰……像一種天譴。

一如，我這篇為難作者與讀者的太用力於半評論半分析的文章，放進BLOG裡也只不過會被當成是身材不行還不用心瘦身還埋怨調整型內衣不太好穿式……的笑話那麼冷那麼傾斜的自我解嘲。

傾斜（拾壹）

勸我隨時想通了就可以關版離開的朋友這麼安慰我：有人寫的BLOG是完全不開放的，裡頭寫著病變、縱火、不倫、憂鬱症、SM、殺人……種種更深的不堪。

像個密室，從來沒有人看過。

消失、滲透、再生——我的數位烏托邦

郝譽翔

我是一個和數位科技沒什麼緣分的人。

我喜歡手寫卡片，遠遠勝過電子賀卡。我曾經做過個人網站，但早就成為廢墟。我也有一個部落格，但架設不到半年以來，卻起碼動過了上百次要關閉它的強烈念頭。我從來不使用數位相機，而最大的夢想是在家裡建一間暗房，因為我覺得注視著影像在藥水中逐漸浮現，是一件很酷、很酷的事情。我始終不愛 iPod，它單薄、扁平得就和一張紙沒有兩樣的聲音，實在無法滿足我那雙有點挑剔的耳朵。而且不只如此，我甚至還想要把家中的 CD 全部換成二手的黑膠唱片，只因為我好喜歡當唱針將要放入唱片溝槽中的一瞬間，那種不自覺要屏住呼吸的莊嚴的感覺。

不過，與數位科技無緣如我，卻也不得不承認，我的生活因此而獲得了莫大的自由。只要帶著手機和手提電腦，我便可以任意的消失，不必再死守著家裡或研究室。當我打開電腦，連上網路，而手機能夠收到訊號時，那麼，就再也沒有人能夠知道，此刻的我到底是人在台灣呢？還是在南極？或是在赤道？我可以自己假裝一直都在，然而事實上，我卻感到可以安心地從此地消失了，消失到一個再也不會被別人突然攫住的彼地去，而在那裡，我將可以隱形，或將保持沈默，或將繼續發言，彷彿自己從來也不曾離去。

數位科技實現了我天性中不安於室、浪跡天涯的渴望。我曾經躲在紐約時代廣場附近的旅館中寫稿，寄給出版社，曾經在上海和學生透過網路討論他們的作業，也曾在阿姆斯特丹的運河邊，解決工作上遭遇的難題，而一切事物都在一如往常地、按部就班地進行著，但卻沒有人發現，我已經悄悄地潛逃了，瓦解了，消失了，消失到一個又一個沒有終點、沒有座標的角落裡。而在這些角落裡，我竟遇到了一個又一個如同我一般，渴望要從這個世界的現實網路之中逃離的人——只要我們可以打開另外一個虛擬的數位網路，芝麻開門，那麼便可以安然地消失而去。

我有一位朋友從事藝術品展覽經紀，事業遍及亞洲、歐洲，但他卻終年蘊居在美國中部堪薩斯城的鄉下，打開房子窗戶，見不到任何人煙，而家裡距離最近的商店，還得要開車半個小時以上。當我去西藏旅行時，同行的朋友則是從事版畫的買賣。坐在搖晃的火車上，他打開手中的電腦，上網聯絡畫家，隨時答覆客戶的需求，於是我們就這樣一路從上海、西安、蘭州、晃蕩到青海，愛停多久就停多久，愛到哪裡就到哪裡。因為數位科技，這些人成為了現代的新興遊牧民族、無國界的公民，逐夢想而居，四海都能為家。

因為數位科技，我得以大膽地去旅行，網路上源源不絕的資料，讓我隨意、隨興就可以滲透到世界的每一個角落去，邂逅某一個陌生的人，進入到某一座陌生的旅館，閱讀到某一本陌生的書。我感到自己彷彿瓦解成千千萬萬個細小的分子，流入到網路之中，而眼前滿是岐路處處的花園。我再也不必在出發之前，就費心安排好所有的行程，而是可以邊走邊看，當下再作決定，似乎這個世界並沒有盡頭，我就可以這樣一直走到天涯海角，自顧自地流浪下去。我喜歡在網路上面穿梭，流轉，從一個國家到另外一個國家，從一座島嶼漂流到另一座島嶼，當一切有形的疆界都不再能夠成為侷限之時，我感到自己的體內，彷彿生出了一股強大的滲透力量，而那將使我與這個世界取得了某種密切的聯繫，某種為我所獨自建立的聯繫：隨心所欲、自由自在，在沒有道路的高地之中，開鑿出一條唯我所創造、所獨享的一條小徑。

這將會是多麼棒的一件事情啊。我甚至夢想著有一天，維繫目前社會運轉的秩序，都將要崩潰，辦公室、學校、政府其實全都可以消失不見，而人們再也不必早晨起床趕捷運，打卡上下班，學生們可以透過網路學習，而我們也不必再忍受公務員的臉色和官僚體系的繁瑣冗雜，因為一切的行政程序，全都可以透過數位科技來解決。而這一切，不代表人們將會躲在各自的家中，不再相互見面。相反的，到了那一天，維繫人與人之間關係的，將不再是工作、金錢或者是名利的競逐。到了那一天，人們將會擁有更多的時間與空間，自由地與彼此聚會、玩耍、休閒，在電影院裡，在音樂廳，在劇場，在讀書會、插花班、舞蹈教室、籃球場，或是在深山裡，在大海邊。而到了那一天，人們聚在一起做的事情，將會是演奏音樂，而不是聽 iPod；將會是朗誦詩歌，手拉手跳舞，而不是看 DVD 或是玩電子遊戲。

到了那一天，數位科技將會使我們自由，而不是像現在，每隔不了幾天，就要丟給我們一堆產品的型錄，難以記誦的編號，掛滿了各式各樣一輩子也使用不到的奇怪功能，卻要誘惑我們掏出荷包，拼命消費，研究說明書，變成科技的奴才。到了那一天，我們應該是想要工作就工作，想要學習就學習，想要玩就玩。我們將不必再浪費時間在沒完沒了的工作會議上，也不必再因為小孩的教育問題，而傷腦筋去辦移民、遷戶口。到了那一天，我希望可以住在喜馬拉雅山上，照樣開課教書，而我的學生可能來自非洲，或是外太空。我相信數位將會使人類得到自由，創造出一種全新的意義，讓人從原來所扮演的角色上消失，然後滲透到世界上的每一個角落去，混血，爾後揉雜出一種有史以來前所未見的新品種。當然，我也不會樂觀到如同湯馬斯・弗里曼一般，相信這「世界是平的」，而所有的人都將會因此站在平等的立足點上。但是，如果我們真誠地把自由視為是人類最大的福祉，值得畢生去戮力追求，那麼數位科技所帶來的，永遠都不應只是二十一世紀的無限商機。

數位生活與我

葉怡蘭

數位世界，天地無限？

雖然知道，這的的確確是一種著實不夠健康、不夠「樂活」、也絕對該停止該禁絕的成癮與耽溺，然而是的，我以此文告解：**沒有電腦、沒有網路，我，活不下去。**

近幾日，為了寫這篇文章，我嘗試檢視並記錄了，尋常日子裡，不用出門開會、演講、參加活動時，我的典型一日作息內容。結果，委實令人毛骨悚然：

09:20 起床，打開電腦，趁電腦開機同時，稍作梳洗。

09:25 回到電腦前，收 email，查看我的「Yilan 美食生活玩家」網站裡，包括首頁、留言板、部落格、Pekoe 鋪子、活動中心等各主要區域的前端網頁與後端管理介面一切是否運作正常，並順手進行初步回覆與處理。

10:00 廚房吧台迅速為自己沖杯早餐奶茶或咖啡，端回電腦前邊喝邊展開今日各預定工作事項。

10:30 網站與鋪子同仁一一上線，一面持續處理手邊事，一面 msn 上開始進行各種工作討論。

14:00 如果記得（其實多半很難記得住……），該是時候為自己簡單煮點東西、泡杯茶當午餐了。通常不太忙的話，可以餐桌上一面吃飯一面翻點書報雜誌，忙的話，則一樣端至電腦前邊做邊吃。

14:30 雜誌編輯部同仁陸續加入 msn 工作討論行列，一面審稿、看稿，一面再次進行 email、網站首頁、留言板、部落格、Pekoe 舖子、活動中心等各主要區域的前端網頁與後端管理介面的例行檢視查看動作。

15:00 如果 msn 的輪番轟炸稍有趨緩跡象，也許終於能夠開始寫點積欠多時的稿子。

19:30 另一半帶著晚餐回家。吃飯、休息、聊天、看一點電視翻一點書報雜誌。

21:00 回到電腦前，一面繼續未完（應説是永遠不會完……）的工作，一面看看可能仍在挑燈夜戰中的各組工作同仁是否還有問題需要解決，一面順手再次進行 email、網站首頁、留言板、部落格、Pekoe 舖子、活動中心等等各主要區域的前端網頁與後端管理介面的例行檢視查看。

23:00 洗澡、稍作休息。

24:00 再次回到電腦前……（若有空的話，則經常造訪的幾個網站隨處瀏覽逛逛……）

02:00 若夠幸運……稿子交完、工作暫告一段落，可以上床睡覺了……

是的，我與電腦與網路的相伴相依相守相繫，幾乎已達難分難解狀態，比世上任何至親至愛都還要更狎暱親密不忍捨不可分……

即使出得門（甚至出了國……）去，也一樣手提電腦、PDA 無時無刻不離身，一有空檔，便坐立不安、倉惶著四處尋覓網路，一連上線，連上 IE、outlook、msn，就彷彿回到家一般，安心重返熟悉懷抱。

緊密程度，還記得，曾經北台灣大停電那幾天，望著漆黑無動靜的電腦螢幕，我方寸大亂惶惶終日，以為世間我所知所熟稔的所有秩序與節奏，都將崩毀。

還有，msn 全球性當機的那日早晨，一開機，驚慌乍見聯絡人視窗大唱空城，孤立無助寂寞自傷裡，不禁懷疑這是不是某種殘忍的惡作劇，否則，為何曾經日日相聚網上、喜愛依賴的親人夥伴好友，都約好了一樣突地離我而去？

還有，看電影版《電車男》時，看著主角御宅男，因為預定的約會地點和行程出了意外，唯一應對辦法竟是立刻找間網咖上網尋求解決之道時，滿座嘩嘩笑聲中，唯獨我，竟彷彿覓得了失散多年的族人一樣，一時竟微微感慨著心有戚戚焉起來……

然這一切，究竟是怎麼開始的呢？說真的，我到現在仍然百思不得其解。

因為，說到頭，我根本就是百分百血統純正的機器白癡一名啊！

自小到大，總是幾近驚弓之鳥般地，逃避一切與科技、機器、甚至只是長得有點像的東西；從來不掛 MP3、隨身聽，按不來計算機，玩不懂電動玩具，學不會預約錄影；其他，舉凡咖啡機、烤麵包機、錄音機、果汁機、手機、洗衣機、吸塵器……一旦超過五個功能按鍵以上的家電 3C 機型，便一律不列入採購考慮。

呱呱墜地以來長長三十幾年歲月裡，我與我與生俱來的笨拙一路對抗著，一路在這個科技就是一切的世界裡，就這麼跌跌撞撞懵懵懂懂勉力活了過來。

然而這中間，電腦，顯然是一項大大例外。

點檢過往，雖說國中高中時曾經趕流行上過一兩堂電腦課、大學時應老師要求曾經以磁片交過學期作業，然而，電腦之真正進入我的生命，大約短短不過十數年而已。

那時，在雜誌社任職，每天動輒都得寫出個百千字稿子來，從小字醜、寫得慢、因此特別討厭寫字的我，日日稿紙上潦草畫字，加之思路紛雜，塗塗改改外加剪剪接接黏黏貼貼，個人事倍功半有苦難言事小，配合的打字行每每不堪虐待揭竿起義；幾年痛苦下來，不得已只好暫且拋開我的機器恐懼症，耐著性子開機學打字，方便自己、也免荼毒他人……

接下來，自然而然，一旦驚喜上手、嚐到了甜頭，便從寫文章、寫信、上網、email、ICQ、MSN……，隨著網路在人類生活裡如飛速般一年年介入日深且技術功能日新月異，彷彿就這麼搭上了這列一往無前永不停靠的班車，再也下不了站了……

尤其 1998 年末，決定卸下上班族身份、走入自由寫作生涯，1999 年末，正式創立自己的網站與電子報後，網路，更成為我賴以工作，以及與外界聯絡、溝通的最主要工具。

也許，說到頭，還是個性使然吧！我那愛好自由、恨不能四面八方各個國度各種領域隨心所欲到處遊走到處玩耍的顯性射手日座之下，其實，還悄悄埋藏著內斂內向、一動不如一靜的隱性月座巨蟹。

遂而，喜歡獨處喜歡長時間蝸居在家，比起電話比起 Skype 比起實際面對面來似乎更習慣 msn 和 email。

於是，我藉著電腦、網路、以及各種周邊數位工具所相互加乘而生的驚人便利和效率，同時滿足了我既孤僻戀家，卻又非得自在自主、一點點牽絆羈束都不能受的兩向性格；

滿足了我對世間無數人地物事永無止境的好奇，以及渴望一一親身看見、體驗、嘗試的野心和貪饞胃口。

所以，我可以一人之軀，兼顧寫作、出書、編雜誌、擁有個人網站、經營鋪子、設計茶具、演講、教學、參與社會事務……可以興之所至，台北、台南，以至世界任何一個角落，只要背起電腦，不用放下工作、不需上司首肯，說停就停，說走就走。

我的世界，宛如村上春樹向來最愛描摩的小說情節一樣，分別跨足在真實與虛擬的兩端；且似乎一年年傾斜漸多，對只消按按鍵盤動動滑鼠、便能上天下地古往今來無所不有無所不包無所不能無所制限的這端，益發食髓知味沈癮日深。

甚至，幾年網路留言板上應對進退，竟也越來越能同意，網路雖人人皆稱虛擬、然真實現實殘酷處卻是一點不輸，覺得確實從這裡頭窺見了學到了，更多的人性與世事人事冷暖炎涼……

甚至，整個生活、工作、旅行、閱讀、以至未來夢想的勾勒，都因網路的牽動左右而衍生出新的面貌與方向。

然話雖如此，我卻也一樣越來越知道也越來越沈痛反省的是，世間事之微妙處在於，自以為得到與享有的當口，其實，也往往正在失去。

沒錯，我可以任著性子好幾天不出門安靜在家，可以一年出去旅行好幾次，可以只要鄉愁一犯就回台南暫居幾日；然後，透過數位工具的連動，一樣盡情盡性追求、也做到大部分我想嘗試想做的工作。

但真相是，窩在家的時刻，我卻只是不停在電腦與日常必要的作息之間兩頭疲於奔命，心所想所牽所念都是工作工作工作，不曾須臾真正享受了家、享受了生活。

出外旅行、回鄉小憩的時日，我再也無法如過往一般，飛機一旦啟航便是完全的逃離與放逐；因為，網路，就像是風箏永遠無能掙脱的那條線，凌空飛翔之際，還繫著你揪著你拉扯提醒著你，那一端，可有無數未完的未盡的事，莫忘時時警醒日日關心。

進入數位時代，就好像突然擁有了從機器貓小叮噹口袋裡掏出來的任意門一般，得以輕易跨越空間與時間的隔閡與距離；不管身在何地何方、不管此刻是早中午晚，只要手機開著、網路不斷，我所精心構築的這一切，便能以我所想要或所以為的速度與面貌，如常運轉。

結果，我加倍貪婪。然後，在永不饜足的貪婪裡，原本堅信我的視野我的足跡會因了這許多數位工具的輔佐加持而更開闊寬廣更遼遠，但事實上，沒有料到的是，到頭來，竟落得生活裡大部分時光所必須凝視的，卻只是眼前 14 ～ 17 吋的，這一方小小螢幕而已。是的，我確實知道，這絕絕對對是一種應該停止應該禁絕的成癮與耽溺，我在此告解，同時，痛切反省。

而且，一年比一年更倦更疲憊，當然心知肚明，這數位國度裡的縱情貪歡，還能撐持多久？

只是，即便甜中有苦得裡有失，這許多年來，卻始終依然不忍喊停不忍割捨。

只盼，就如同我對世間所有兩向對立事物 -- 夢與真、玩樂與工作、理想與存活，所一向抱持的天真與樂觀，也許，平衡點不遠，就看，我找不找得著它。

跟著我的數位相機走

曲家瑞

這個矮矮小小、方方厚厚、有一點點穩重，全身上下酷炫銀灰色，來自 PENTAX 家族的第 n 代數位相機，就這樣進入了我原本平淡的單身生活。

我，女性，未婚，五月剛過 41 歲生日，有固定的教職工作，在台北市一家私立大學的當紅研究所擔任所長一職。對！就是那個字很多、又叫不出名字、與電腦設計有關的。原本以為，生活會因此而變得多采多姿，但我必須誠實告訴你妳，自己患有嚴重的科技恐懼症，也就是典型的電腦白癡。這樣說一點兒也不誇張，因為舉凡與數位有關的每件事都讓我極度的焦慮與不安。曾經為了追逐潮流，嘗試與 Power Book, PSP, MP3……等高質感精品做朋友，但就是拿它們層出不窮的操作介面沒辦法，激不起任何火花。

現在口袋裡僅剩下一支中古、處於半退休狀態的 Nokia 手機最符合我快跟不上時代的的頻率，對於辦公室裡配備一流、跑得又快的帥氣電腦，我的功力也只限於到 MSN 交些虛擬朋友，等待那些網路情人傳來的 virtual kiss，背包裡的那台過氣 digital camera 還是弟弟幾年前送給我的，天枰座的他最喜新厭舊，買回來還沒拍幾張，就因其他快速崛起的創意產品而轉移目標。於是，這個矮矮小小、方方厚厚、有一點點穩重，全身上下酷炫銀灰色，來自 PENTAX 家族的第 n 代數位相機，就這樣進入了我原本平淡的單身生活。

之後，不管去那裡、做什麼，它都比我投入、比我還感興趣。從紐約街頭的時尚藝術家浪人，大阪百貨公司櫥窗裡幾可亂真的人型模特兒，高雄海軍官校英俊挺拔、對未來無畏無懼的阿兵哥們，台中夜市裡小吃攤賣蚵仔煎的再婚媽媽，到我家巷口 7-11 上大夜班身兼二職、為生活打拼的年輕人。這台小相機帶著我從不同角度觀察週遭的一切，原本以為和我無關的人、事、物都因為它的出現而變得不同，漸漸地，用它紀錄生活，成了我每天最興奮的事。

捕捉城市人的身影

從 2002 年開始，我陸續拍下各個城市裡的人，捕捉他們的身影，其中穿梭在大街小巷裡的計程車司機們，更是最熱門的主題。由於常常熬夜，導致上學天天遲到，根本趕不上公車的班次，因此將「準時」這個不可能的任務託付給英勇的運將們。

記得 1997 年剛回台灣的時候，聽了好多關於計程車司機的傳聞，說他們有多麼可怕，會對乘客做出奇怪的事，嚇得我只要一上車就急忙搖下車窗，雙手緊握，板著臉，眼睛瞪著窗外，拒絕與駕駛有任何互動。奇怪，日子久了，什麼事也沒發生，反而有時候因為快遲到而情緒急躁，司機先生還會一面貼心地安慰我，一面猛踩油門，使命必達地趕到目的地。

我開始用自己的方式，重新認識每天在我最危急的時刻，解救我脫離困境的守護者，試著與他們互動，體驗每一次十多分鐘的旅程，逐漸，跟他們聊天讓我深深的著迷，從後座觀察車內的陳列擺設更是有意思極了。每一位駕駛的信仰、品味以及生活態度都毫不保留得呈現在這一坪不到的小空間裡。在這裡，有一串串從全台各大廟宇祈求來的平安符、一朵朵美麗芬芳的香水百合，一張張與家人、新婚妻子、剛出生小 baby 的合照，一尊尊各種帥氣造型、莊嚴威武的三太子。

愛唱歌又愛交朋友的，肯定會在旅途中邀你與他共享卡拉 OK。愛政治又充滿熱忱的，若談得投機，下車時肯定不會跟你收零頭。愛觀察面相，熱中研究命理的，甚至會從後照鏡裡提醒你要多做善事。

每一次的旅程，我都會從中發現很多感人的故事，激發人與人敞開心胸碰撞後的溫暖火花。我記得有位司機先生，明明一副大男人的威武體態，卻在車裡掛滿各式各樣鹹蛋超人的玩偶，貼滿它的貼紙。這個紅白色系、動感十足的超人，從方向盤、後照鏡、車窗到椅套，無所不在。對於鹹蛋超人的生平事蹟，這個身體裡住著一個小男孩的司機先生更是如數家珍。不僅他喜歡，就連老婆、女兒亦都是超級粉絲。車上的擺設，絕大部分都是他寶貝女兒的精心傑作，說要陪爸爸一起開車，幫爸爸打氣。

釋放生命力與能量

還有一位司機，穿著襯衫打領帶，談起財經時勢見解獨到，一問之下才知道他曾是一家中小型印刷廠的老闆，生意好的那幾年，訂單接都接不完，但這一、兩年因為經濟景氣影響，不僅case越來越少，很多案子都被大廠搶去。去年，工廠被迫關門，在家裡待了幾個月，整個人都快得憂鬱症，最後克服了心理障礙，重新面對中年失業的自己，現在的他，天天照常穿著西裝，出門去上班，學習放下身段，揮別過去大老闆的身分，努力開計程車養家。就如他說的：「日子還是要過。不是嗎？」。

偶然一次機會遇見一位女司機，閒聊中才知道，為了逃離多年對她施暴的老公，幾年前終於帶著兒子來到台北，展開全新的人生。現在的她，個性開朗樂觀，靠自己開計程車，獨力堅強撫養著孩子。天啊！他們各個都是英雄，以強韌的生命力與積極態度過著生活。即使每天平均要開十多個鐘頭才足以養家活口，他們服務大眾以賺取日常所需，不僅反映出台灣當下的人生百態，更呈現一個個動人的故事及耐人尋味的社會寫真。

有的司機很開朗又健談，一上車就可以跟你聊個沒完，大方地接受我幫他們拍照，擺pose。當然也有些司機比較害羞，不好意思面對鏡頭，也有的甚至反過來主動要求替我拍張照，讓我每段旅程都有不可預期的感動。以好奇敏銳的心，帶著數位相機去觀察生活周遭的小細節，是我很上癮的一件事。不僅是在計程車裡，捷運上、麵包店、公園裡、街道上……，各種生活的輪廓面貌，隨處可得的經驗與體會，都以最真實的形態收錄在我手中的科技智慧裡。

下次遇見這群可愛的計程車司機們，別忘了跟他們說聲Hi！為他們認真的工作態度與熱忱打氣加油，感受他們釋放出的生命力與能量。

親密感

王文華

我最喜歡的英文字之一，是「Intimacy」。

「親密感」，比名或利，更難。有名、有利，甚至有好友、有配偶的人，未必有親密感。

我第一次學到「親密」這個字，是在電影《親密關係》。這部1983年的奧斯卡最佳影片，描述叛逆的女兒（黛博拉溫姬），不顧寡母（莎莉麥特琳）的反對而結婚生子，後來得了癌症，讓白髮人送黑髮人。母女雖然愛恨交織，但片名仍叫「Terms of Endearment」。「Endearment」是「Dear」的名詞，比「Dear」多了行動的決心。我把這個字記在日記中，希望有一天能當它的受詞。那天起，我學到親密未必有快樂的結局，但沒有親密，注定是悲劇。

第二次在電影中聽到「親密」這個字，是1996年的《征服情海》。湯姆克魯斯飾演紅牌運動員經紀人，交遊廣闊、人見人愛。然而當他被公司fire掉，所有的朋友瞬間消失。前女友批評他「Great at friendship. Bad at intimacy」（「很會做朋友，但從不敢和人交心」）。

我們身旁都有這種人（有時包括我自己）：永遠脾氣好、愛熱鬧、講信用、夠朋友、言行過於得體、客氣到虛情假意。這種人一切完美，但你跟他就是有距離。他似乎包在保鮮膜中，吃力地悍衛著注定蒸發的水汽。彷彿穿著太空衣，遙遠地像星星。你當然不會討厭他，但也愛不下去。愛要激情，要賴皮。這種人付出感情，搞不好還跟你要收據。

我第三次在電影中體會到「親密」，是1997年的《心靈捕手》。羅賓威廉斯飾演的心理醫師問麥特戴蒙飾演的叛逆天才為什麼不和女友進一步交往，麥特戴蒙說：「幹嘛深交？她目前在我心中這麼完美，一旦深交，我看到了她的缺點，不就破壞了她那完美的形象！」羅賓威廉斯一針見血地回應：「其實你在乎的是自己的形象！你目前在她心中這麼完美，一旦深交，她看到了你的缺點，不就破壞了你那完美的形象！」

受了羅賓威廉斯的刺激，麥特戴蒙與女友深交。原本「完美」的關係迅速變成爭吵和粗暴。雖然血肉模糊、不堪入目，但看穿彼此的醜態後，他們找到了真正的親密感。

但這些都只是電影而已。

我知道更重要的，是在現實生活中尋找親密感。

親密感跟身體的親熱無關。我第一次感受到愛情的親密，在高一。放學後，我與一名景美女中的女生坐在植物園。「我家種了很多花，」她說，「你喜歡花嗎？」

其實除了豆花，我對花一無所知，但為了討好她，便奸詐地說：「當然喜歡！」

她似乎看出了我的破綻，淘氣地問，「那我考你，聖誕紅是什麼顏色？」
「紅色！」（這都答錯可以去死）
「鬱金香呢？」
「黃色！」（從「金」去聯想不就對了）
「風信子呢？」
「什麼？」
「風信子。」
「……」（該死，名字浪漫，但完全跟顏色無關）
「有很多顏色，」她替我解圍，「粉紅的啦、白的啦、藍的啦……好，最後一題……『情人菊』！」
「快下雨了，我送你回家吧——」

她把起身的我拉下，用食指點了點她的黃制服，「情人菊就是這個顏色。」我情不自禁地伸手去摸，摸到後立刻收回手指，像碰到了火。

那個下午，我沒佔到任何便宜，但感到親密。這樣講倒也不是說純情萬歲、肉體看衰。我們都知道性愛是多麼美好，和深愛的人結合，那一剎那你忘記：人最終還是孤獨地來、孤獨地去。那一刻你覺得：一切都可以付出，一切都會被救贖。然而，性愛的親密雖然強烈，卻很短暫（嗯……也許只有我有這個問題，別人搞不好都很厲害）。更別說，要找到適當的對象，難上加難。

「那就一夜情吧！」有人說。

一夜情算親密嗎？我不知道。我猜當下應該也算，至少局部會很圓滿。只不過第二天早晨，激情迅速變成嫌棄。一夜情後的雙人床，是兩人之間最遠的距離。

睜開眼睛，身體像一把廉價的雨傘，怎麼用力也撐不開。皮膚的味道像牛奶變酸，喉嚨裡好多痰。

親密感不一定要熟識。我曾參加一個在日本餐廳舉行的 party，正餐吃完，上冰淇淋。我點的是抹茶，旁邊的陌生女子點的是巧克力。她看了一眼我的碗，問說：「抹茶好吃嗎？」我嘴裡還有冰，說不出話，只是點頭。她說：「讓我吃一口好不好？」我還沒回答，沾了她口水的小湯匙已經插入沾了我口水的冰淇淋，那一刻，我感到親密。

親密感像梅雨，雨停了仍有濕氣。親密的對象已經離開了，感覺還留在原地。整理浴室的櫃子，我發現一支棉花棒，委屈地躲在角落，像個自閉的小孩。我不用棉花棒，那支顯然是前女友留下的。我不知她是何時用的，用在身體的哪個部位。我的手顫抖，棉花棒跟著搖動，像一根指南針，直指內心最敏感的方位。

親密感不一定來自快樂，有時原產地是悲傷。女性友人失戀了，我去家裡看她。看到她的前男友上電視，我立刻亂按遙控器，轉到迪士尼頻道。她看出我的刻意，但配合地說，「我最喜歡小熊維尼了！」我帶她去陽明山，我坐右邊，她坐左邊，計程車中各自看著窗外。此時廣播突然放出 Rod Stuart 的「I don't want to talk about it. How you broke my heart……」我轉過頭，她仍空洞地望著窗外，我伸出左手握住她窒息的右手，她一動也不動。她的心碎了，碎片飛到我身上。她的啜泣，在我心中聲若洪鐘。她的痛，我無法感受，但約略能懂。

親密感未必要從人身上得到，有時可以來自大自然。在陽明山竹子湖，我躺在濕潤的土地上，看著前方的海芋、馬鞭草，和情人菊（Yes ！），任憑小蟲在我臉上飛過。沒有空調、E-mail、手機、meeting……我閉上眼睛，如果我閉得夠久，也許就會忘了自己的姓名，和現在是 2006 年。和大地肌膚相親是最有安全感的，因為大地，永遠不會離開你。

親密感非常便宜，因為小地方，往往比大世界來得親密。在巴黎，我對凱旋門、巴黎鐵塔毫無感覺。最讓我動心的，是「莎士比亞書店」的角落。「莎士比亞」是一家小店，窄小的三層樓，木頭的書架和樓梯搖搖欲墜。書架之間擺著床，是窮苦作家，和他的貓，夜晚落腳的地方。你看你的書，他睡他的覺，互不干擾。

那張床，有味道、也有跳蚤，有灰塵，也有體溫。我坐在上面，感覺和所有窮苦掙扎的年輕作家相遇。我想起自己也曾一無所有、投訴無門。如今我能暢所欲言，是否就忘了自己的出身？某個人或地方讓你有親密感，因為他們讓你想起過去的自己。人們喜歡懷舊，並不是因為舊的東西美麗。而是因為舊的東西中，有還沒有墮落時的自己。

世界太大，人很渺小。茫茫人海，我們都在找座標，希望能航行到一個港口，永遠地放下錨。入夜的海上慢慢變黑，寂寞像海水倒灌，我們唯一的求生工具，只剩下親密感。

首獎／

二獎／

三獎／

BenQ 真善美獎——
2006 數位感動創意大賽得獎作品

有時候會莫名的這樣

林亦軒

圖像作品是關於20歲瑣碎的雜記，並綜合身邊新鮮的紙條/包裝/廣告為書寫內容。

好比說飛機飛行的速度，我從地面上抬頭瞧飛機離我好幾十呎遙遠。

他看不見自己的飛行捲雲，而我也沒辦法好好瞧瞧廣大的山跟海。

圖像文字給予的意義並非需要特別強調，因為他已有自己的內容，而這些都是無關緊要的，因為山跟海彼此也看不見。

1985生。現就讀台北藝術大學。

2005 royall estise free art 駐村藝術家/台北國際藝術村
2005 藝術家博覽會
2006 karl kani 塗鴉大賞第一名
2006 ppaper/7-11 設計新人獎入圍
2006 數位內容創作作品展示邀請/數位內容學院
2006 BenQ 真善美獎首獎

http://www.flickr.com/photos/44677859@N00/

「我愛書，因為書裡面什麼都好看，雖然有些書的樣子很醜。另外，書可能會讓你覺得很糟，但我就是喜歡覺得很糟。而且，書會發生奇妙的事，看一眼就會讓她看上他，共度一晚就決定一輩子在一起。照書寫的去做，你到頭來會被抓到警察局去。」

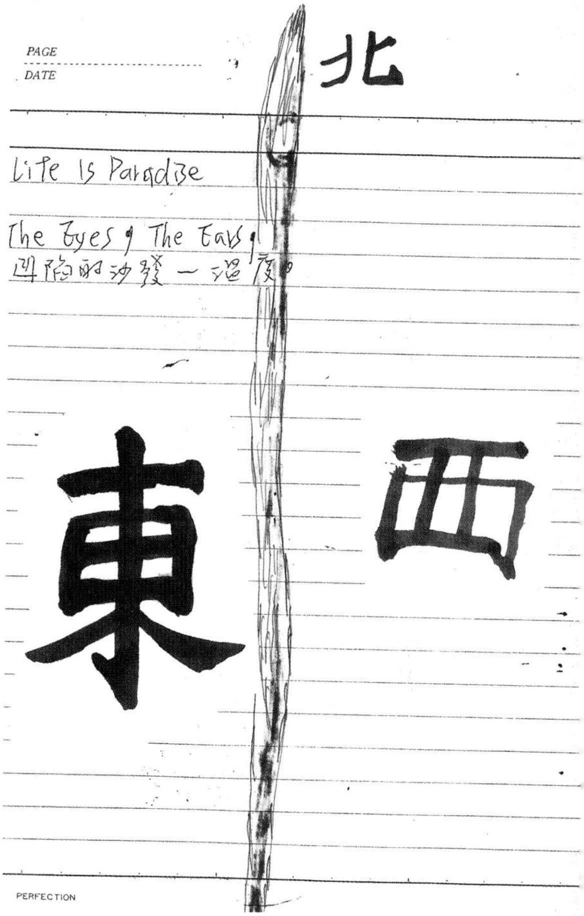

我開始寫書，寫是一種奇怪的字眼，某一程度來說，確實我是在書寫沒錯，看電影裡面莫名奇妙的句子“這個時代的感受力，有一種未被察覺的對文學的愛，然而這種愛永遠無法得到發洩”或是路上的招牌“台灣土雞”我把這種斷斷續續的句子都寫進書裡面，當然，網路時代從裡面發現的句子就更是無奇不有“（無聲宇宙／低語之間巧合）空間混雜莫名各樣式的談話，聲音折角中間互相排斥撞擊，而有時候會厭惡這樣的歡愉，於是你開始了跟自己的對話，角落也是宇宙”。

不過這些都是無關緊要，其實，台灣土雞很好笑沒錯，但是我真的想這麼做，就是把這些無聊的句子擺到書來的原因，因為他們真的很無聊，很莫名也沒有什麼意義，但內容勒？就跟連續劇開始一樣，劇中開始的時候總會碰到無關緊要的事件，遇到無關緊要的人，到後來一定是某些事情的伏筆，所以大明星跟 7-11 店員談起戀愛，兩個家族開始一連串鬥爭，黑社會老大跑去寺廟修身養性，變成偉大英雄。

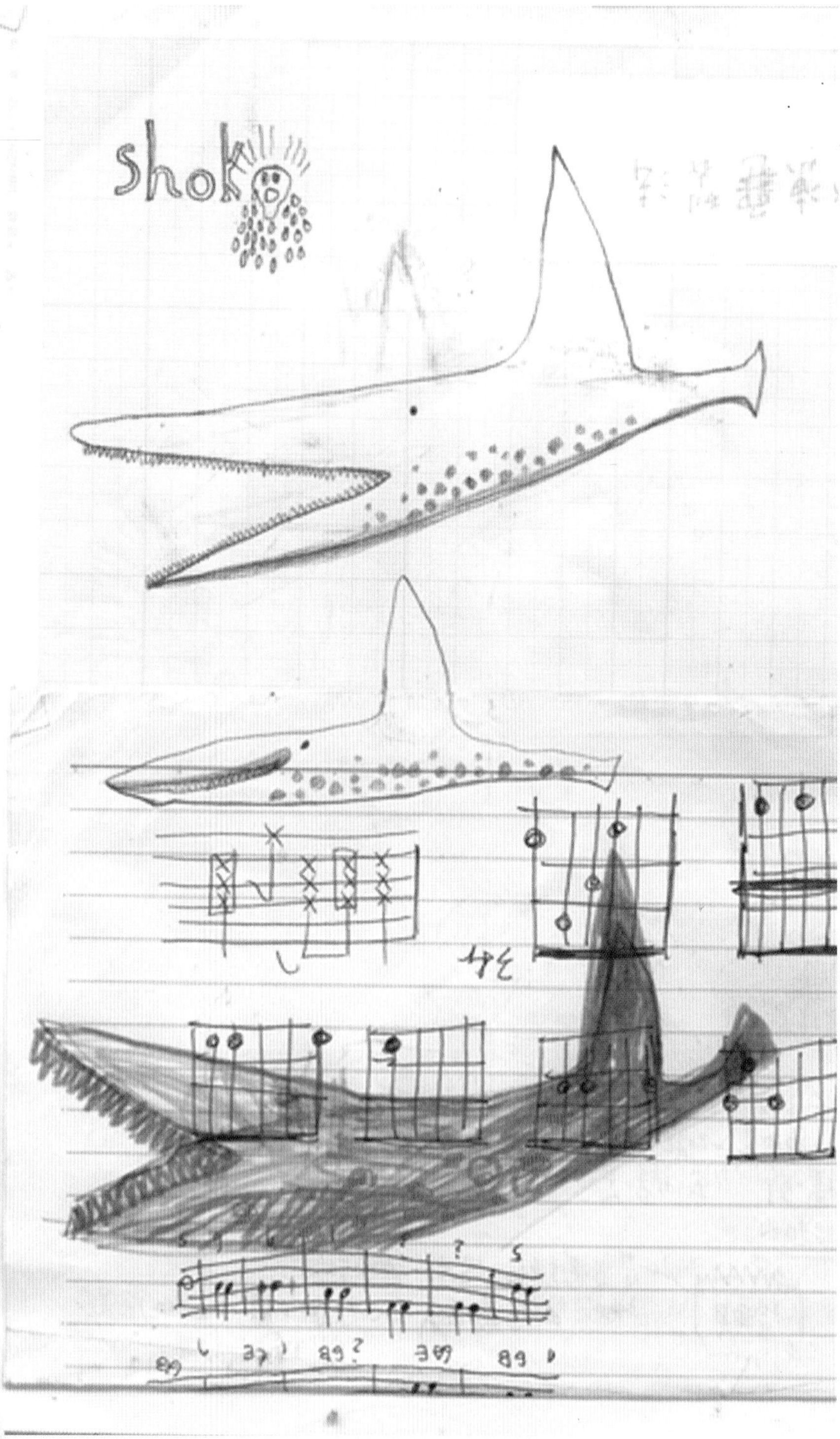
Shok

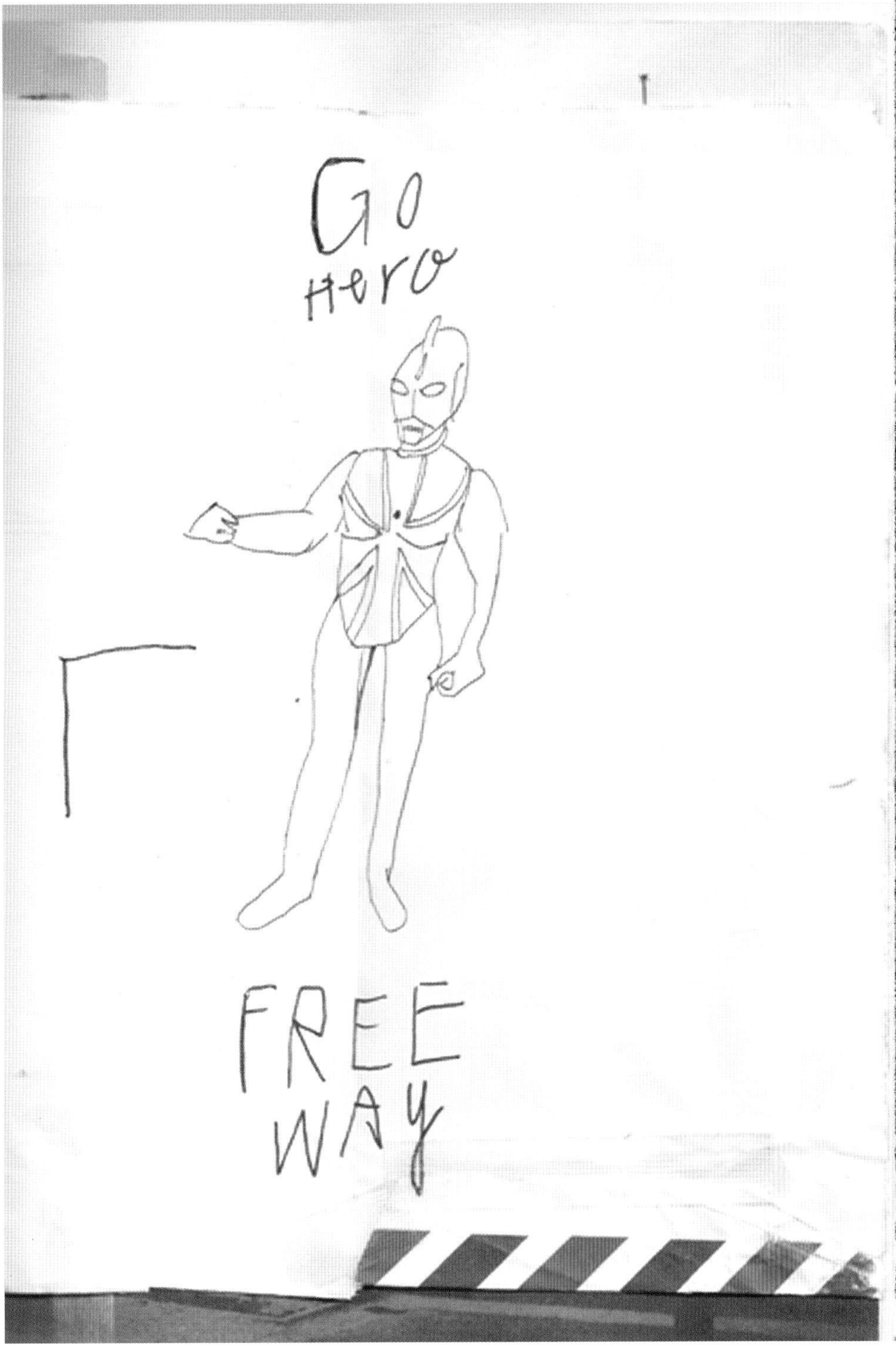
Go
Hero
FREE
WAY

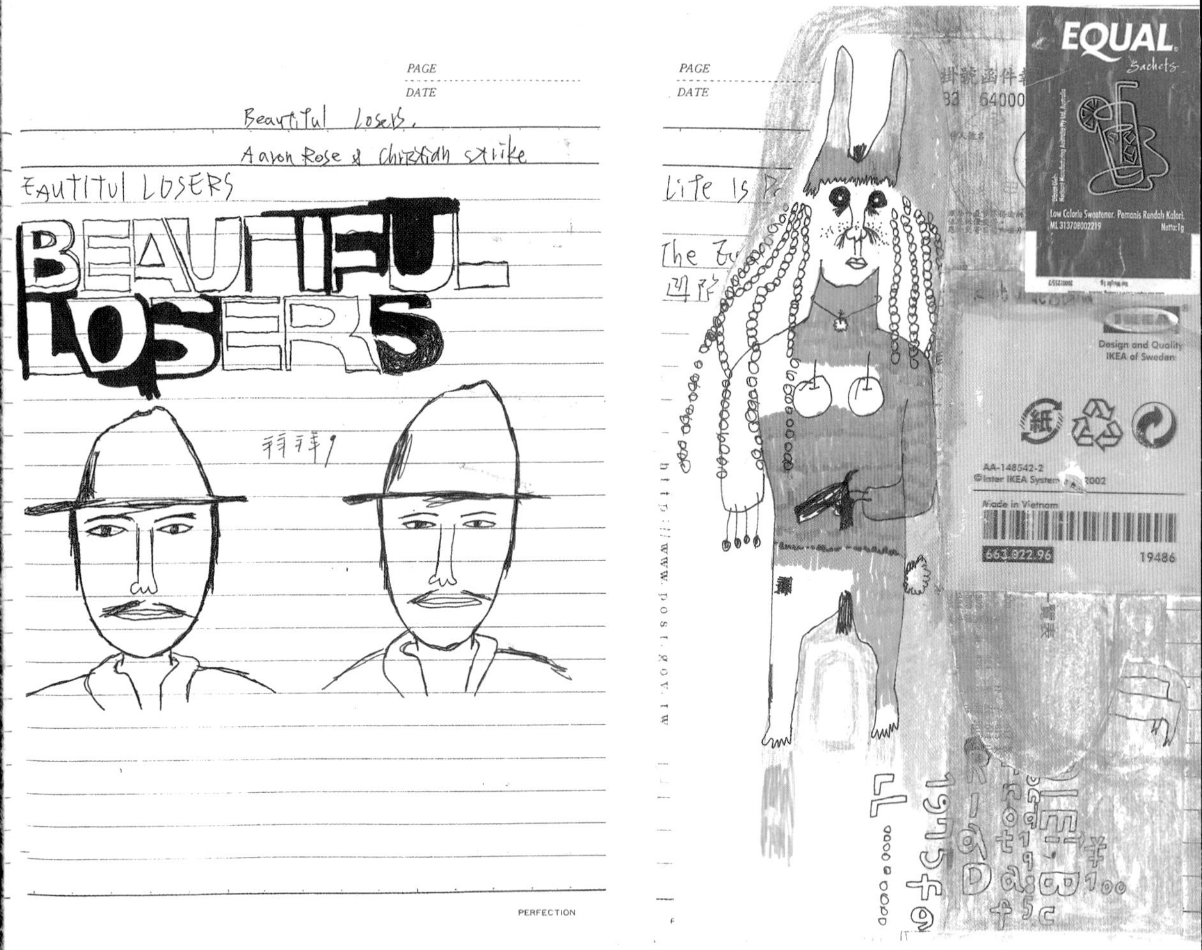
PAGE
DATE
Beautiful Losers.
Aaron Rose & Christian Strike
BEAUTIFUL LOSERS
PERFECTION
PAGE
DATE
http://www.post.gov.tw
EQUAL
Sachets
Low Calorie Sweetener. Pemanis Rendah Kalori.
Design and Quality
IKEA of Sweden
AA-148542-2
Made in Vietnam
663.822.96
19486

18 歲

我在通識課的桌上，看到一個很醜的筆觸線條很像高中的夏天，它把“熱”字畫成一個圖案，在裡面有制服的味道，還有考試卷的影像，悶悶的有一股氣爆出來。

可能是夏天太陽的味道，還有皮鞋跟襪子熱熱的感覺，這時候有冷氣的話，就太掃興了！白痴的高中生的白痴笑話，在一個有操場的房間，和一群相同屬性的人關在一起，讀一整晚的書是為了明天的分數，因為一直到現在我還不曉得自己讀過什麼。最後的六次大考和五次模擬考一起結束 18 歲，時間好像不管過了多久還是用不完的莫名其妙，參考書跟筆記用掉太多原子筆墨水，疊起來的重量剛好壓在心上，雖然不會痛但是極度不舒服。

19 歲

歌詞浮誇這麼説，有人問我的話我就會講，但是沒有人來，所以期待到無奈，有話要説卻得不到裝載。我的心情像樽蓋等著被解開，但是嘴巴卻養青苔，人潮中越文靜越不受理睬，所以自己想攪出意外想忽然高歌，任何地方也像開四面台，穿最閃亮的衣服扮得十分感慨，如果要拍照的話雙手記得插口袋。

當作我浮誇吧！浮誇是因為我很怕，要是像木頭像石頭的話會得到注意嗎？所以我放大來演，很不安要怎麼優雅，世界上還讚頌沉默嗎？不夠爆炸怎麼有話題讓我誇，像一個大娛樂家。

potho
Travel
music
Like a rolling stone
AW
PERFECTION

potho
hot
you
Like
1st
2nd
3rd
4th
cat
like
fox
AW
PERFECTION

2mo68号
Thanks
for LovE

cool
PERFECTION

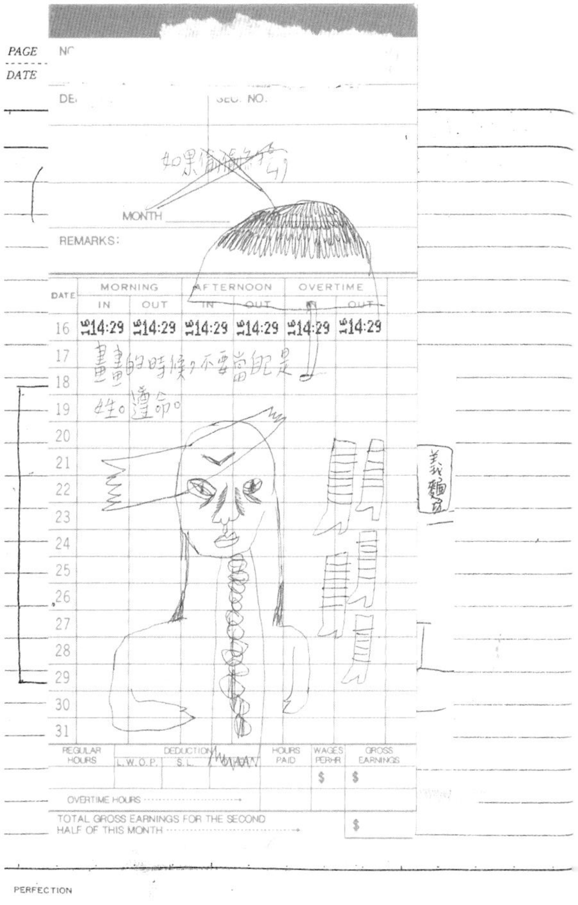
PAGE
DATE
SEC. NO.
MONTH
REMARKS:
DATE
MORNING
IN
OUT
AFTERNOON
OVERTIME
14:29
畫畫的時候，不要當自己是
人。遵命。
REGULAR HOURS
DEDUCTION
L.W.O.P.
S.L.
HOURS PAID
WAGES PER HR
GROSS EARNINGS
OVERTIME HOURS
TOTAL GROSS EARNINGS FOR THE SECOND HALF OF THIS MONTH
PERFECTION

20 歲

有三個我。

第一個很務實，它知道怎麼製造大家的表面。第二個人它很需要一些真實，或是全部的真實，所以做了很多大家不敢相信的事。第三個人是以浪漫為主的思考模式，他所有的言行以夢為目的，因為它不喜歡說話可是也不會思考，他想做的可能都是來自小說、電影、雜誌的心得，或是他的偶像。

說穿了他沒辦法思考。

我的書是完成了，我把它整本影印了兩本，我把這本 A 再做一次續集，把這本 B 給她一起完成（續集的番外篇），終於，在我們認識快要 3 年的時候，我在 2 年又幾個月的時間裡，趕緊發出緊急告急「我們在一起了」。

是的，一連串的圖案句子都是無關緊要，但故事會告訴我們，接下來是某一個大事件將來臨。

《筆記本》新書發表暨簽名會，作者等讀者 3 個小時，已經等到睡著了。

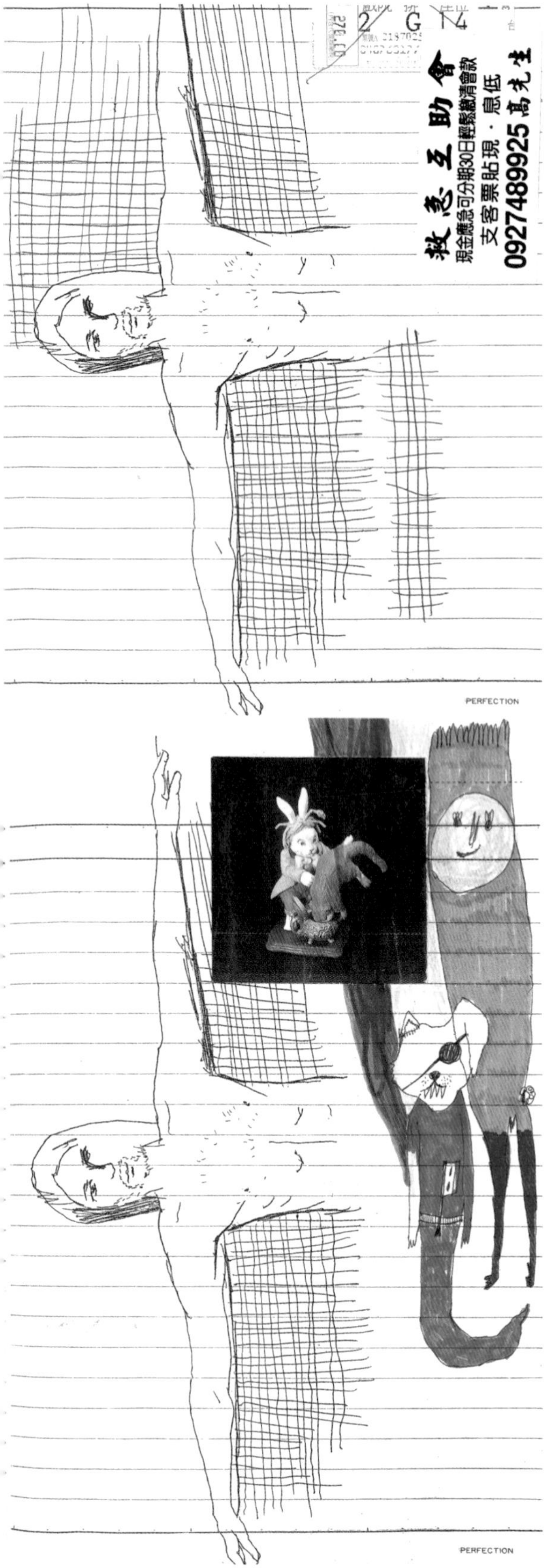
救急互助會
現金應急可分期30日輕鬆繳清會款
0927489925
PERFECTION
PERFECTION

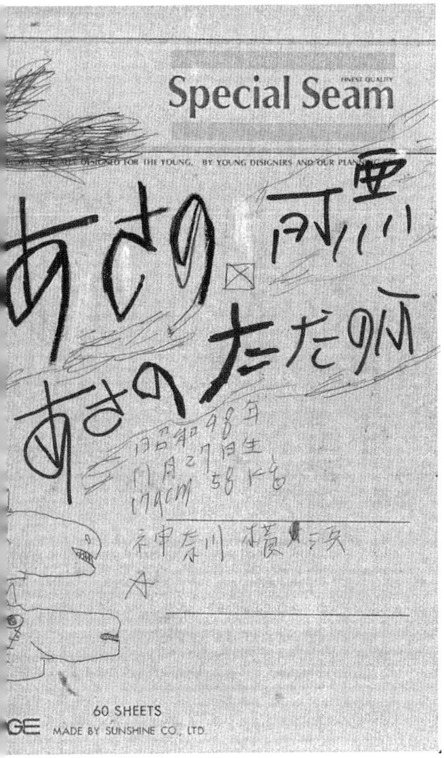
FINEST QUALITY
Special Seam
60 SHEETS
MADE BY SUNSHINE CO., LTD.

PERFECTION

PAGE
DATE
PERFECTION

彷彿飛翔一樣自由

游戲

生命的旅程，總難免面臨顛躓崎嶇的路，但是透過一顆向善向美的心，一股堅強真實的意志，和一雙望向陽光的眼睛，這趟旅行將充盈著感動與豐沛。

而生活的數位化，讓這樣的充盈，生動了起來。

1973 年 8 月 28 日生，台中人。

北京電影學院導演碩士。

80 年代中期開始創作，小說、散文、新詩、報導文學均涉，作品散見兩岸報章及網站；曾獲第 32 屆文藝金駝獎新詩首獎、第 33 屆文藝金像獎新詩佳作、第 2 屆時報廣告文案銀獎等。現為文字與影像工作者。

seven7club@gmail.com
http://www.wretch.cc/blog/seven7yu

我把所有的注意力，集中到被髮絲遮蓋住的雙耳，我幾乎可以感受到空氣的粒子，輕微地，和緩地，沿著耳殼上的曲折和起落，沿著耳輪漩渦般匿藏進深暗的耳道，如是悠然的頻率，如是安靜。好似任何波動、任何窸窣聲響，從來沒發生過。我在樓梯間的最底層，做好起跑姿勢，抬頭向上望去，正頂天窗處燦爛耀眼，瀑布一樣，傾瀉聖潔的光。

那個樓梯，一直轉，一直轉，如果跑上跑下突然停下來，扶手會慢慢動起來，牆壁也是，木頭地板也是，好像，全都活了起來喔。弟弟的聲音很細微，還間雜著，一絲空氣被吸納進入氣管的勉強。去年底，弟弟病情惡化，

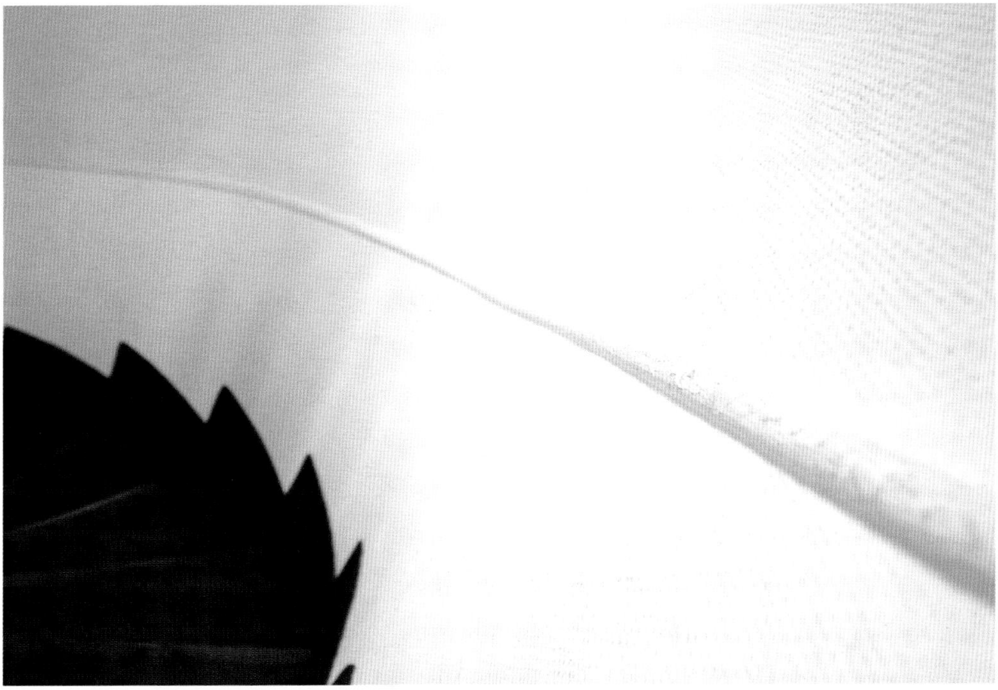

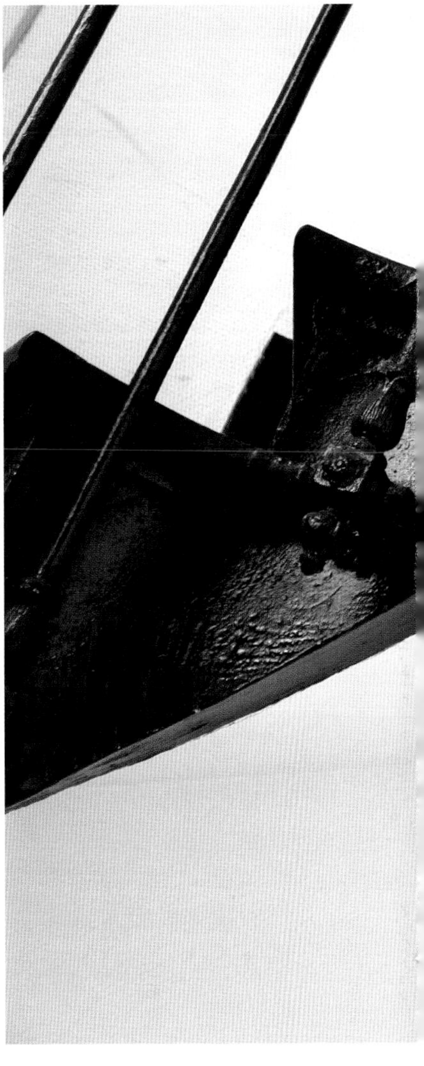

因為尿毒症，幾度瀕臨昏迷。我請假飛回台灣，陪著他在醫院裡過了一個月，病情才恢復穩定。他是個早熟的大男孩，不再喝養樂多了。臨回巴黎之前，他給了我他的伊媚兒，我們經常上網互通信息。

前年冬天，弟弟的身體還不是太糟，爸媽帶著他，到巴黎來看我。我住在二十區，一處兩米見方的小單位，衛浴在寢室外頭的廚房旁邊，和其他七個同樣學習音樂的年輕人共用。爸媽帶著弟弟住到河左岸的聖杰曼，一座纖瘦猷有風韻的旅館，莫不有百來年的歷史了，斜折的屋頂正對著宏偉天主教堂的十字架。你們客廳有一股怪味；還有，你們這裡的樓梯，跟我們旅館的比起來，真是太爛了。我看著說話的弟弟，不知該接什麼。爸媽在一旁突擊檢查，看到衣架上間雜晾晒的男女內衣褲，表情有點僵硬。

弟弟帶來了一台數位相機，一台筆記型電腦，以及一堆聯結線。雖然才上國中，他卻在我面前手腳利索地安裝好軟體硬體，開始幫我上起電腦課。我聽了兩遍，仍舊弄不明白。前一天練習的海頓第三十七號鋼琴奏鳴曲第二樂章的行板，不停在我的暈眩裡泅泳。

拜託，姐，你真的很遜耶！他只好拿起紙筆，將一道一道的程序，用樹狀圖解方式記下來。他握筆的手很堅定，字跡方正憨拙，卻不是我曾經認得的孩童的筆觸，不是當年在生字簿上，經過我一筆一劃訂正的筆觸。

吃過晚飯，他們跟我到我打工的小酒館，三人坐在舞台的正前方，爸媽喝著紅酒，映著燭光，臉龐紅撲撲地。我彈到第三首李斯特時，看到弟弟累得睡著了，他側枕在手臂上的面容，顯得有點蒼白。

弟弟和我，年歲相差幾乎一輪。因為先天腎功能衰竭，他從小學二年級開始，就頻繁進出醫院洗腎。我經常一下了鋼琴課，總會先買兩瓶養樂多，然後直奔醫院，一等瘦小身軀的他做完療程，虛弱的躺回病床上，就將插上吸管的飲料遞給他，自己則拿著另一瓶，裝模作樣地喝起來。

喝完了嗎？喝完了嗎？他總是有氣無力、卻又著急地問我。我喝不完耶，你幫我喝好嗎？我將幾乎原封未動的飲料遞給他，看他滿足地、很費力地吸飲著。

坐在樓梯的最高處，握著數位相機的雙手汗涔溼滑，我的胸口激烈地晃盪起伏。剛才一口氣，從旅館底層一路向上，奔爬了七層的狹窄迴繞階梯。

姐，妳那時候在酒吧裡彈琴，一點都不遜，超酷的。還有對不起，我後來睡著了⋯⋯。弟弟說完這些，不知道是疼痛還是疲倦，闔上眼睛，側過頭去。

喘著氣，瞇起眼睛，透過金燦的陽光，我看到了弟弟說的，旋轉的世界。黑白分明的地漆與牆面好像在滾動，深色的涼冷的扶手扭曲變形，不停轉彎的梯面急速上浮，就快要迎面浪襲而來⋯⋯。心裡伴奏著史特勞斯的飛翔波卡舞曲，我不斷地按下快門，紀錄這些彷彿活轉過來的寂靜又豐富的異象，我要馬上回家將照片上載，傳給星球另一邊的弟弟。我還要告訴他，就像他看到舞台上彈琴的我、我的生命的專注，我也看到了，自由敏感的他，那時孤自一人，忘卻了身體的障礙，一路奔爬到樓梯頂端，意志堅定地，彷佛飛翔一樣。

人是具有永恆意識的有限存有

馮君藍

任何一張照片絕非純然的客觀，你所相信的決定了你能看見什麼。國家地裡雜誌的攝影者看見的是“人乃是環境的產物”，報社記者看見的是“人是政治、經濟、社會性的動物”；科學雜誌主張“人是複雜的生化機器”；而透過宗教信仰，我相信“人是一具有永恆意識的有限存有”，他活在有限的時空、日漸頹敗的肉身與對永恆的鄉愁之中。

一張照片因此不單是對過去懷舊的憂鬱物件，也是承載對不可知的未來，對永恆的焦慮的物件。

基督徒。1961 年出生於香港。
三歲前隨擔任傳教士的父親舉家遷台。
台灣神學院道學碩士。
2004 年起在中華基督教禮賢會任職傳道工作至今。
曾從事美術設計、攝影、繪畫等相關工作，並獲愛克發黑白攝影大賽金牌、台南美展府城獎、鳳凰獎、教育部文藝創作獎第一名等。

slbaptab@ms24.hinet.net

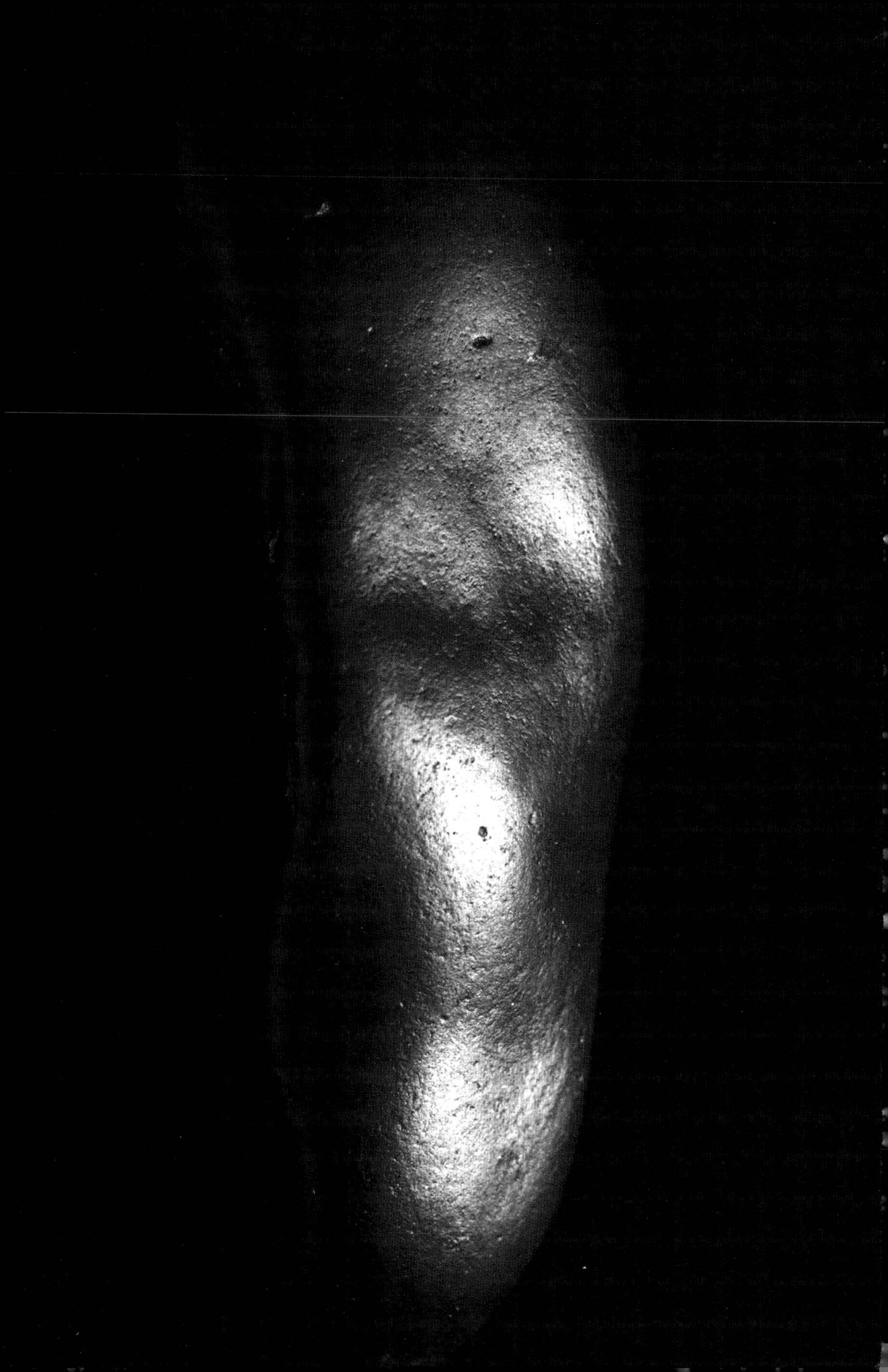

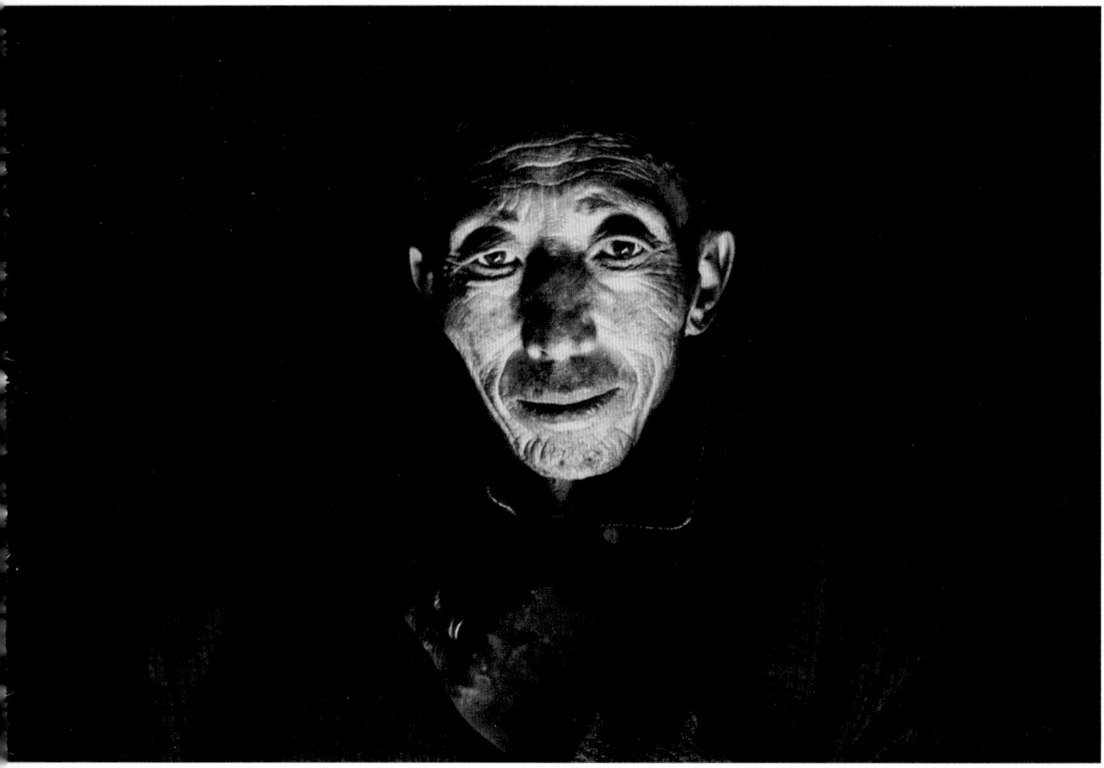

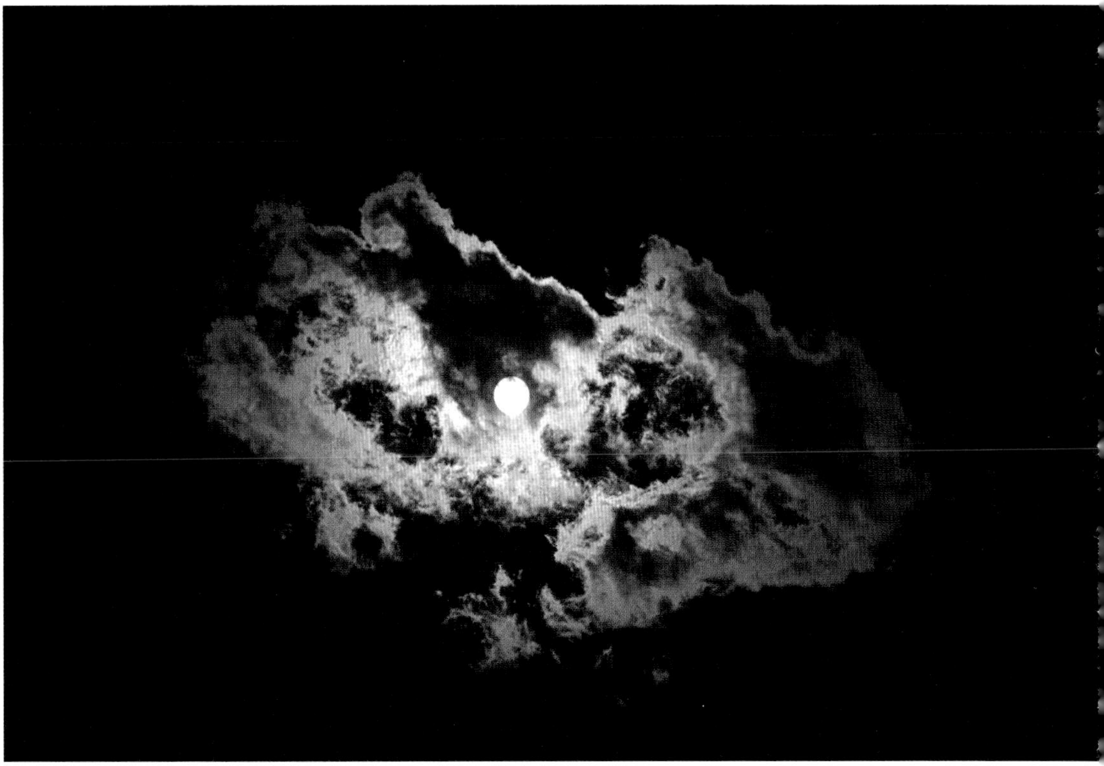

1.

一項諷刺的事實是，不論我多麼自戀，卻永遠無緣“直接觀看”自己的臉孔。

早前的人們借助靜止的水面、別人的瞳仁、朦朧的金屬面反射來觀看自己，現在我們有了清晰的水銀鏡子。攝影術的發明無疑幫了大忙，經過漫長的歲月，人類終於有幸借助科學儀器的幫忙，更進一步的觀察自己；終於可以看見自己「正面直視前方」之外的表情和角度，以及我在過去歷史中的形貌。但是不管怎樣，我們仍無法突破只能間接觀看自己的限制，此一教人尷尬的現實顯示出一項真理，即人只是一相對性的存在，而非什麼自立自法的主體。

人是什麼？我是誰？總說不清楚，我只是相對於另一時空、另一人、另一物種、另一存有的存有。

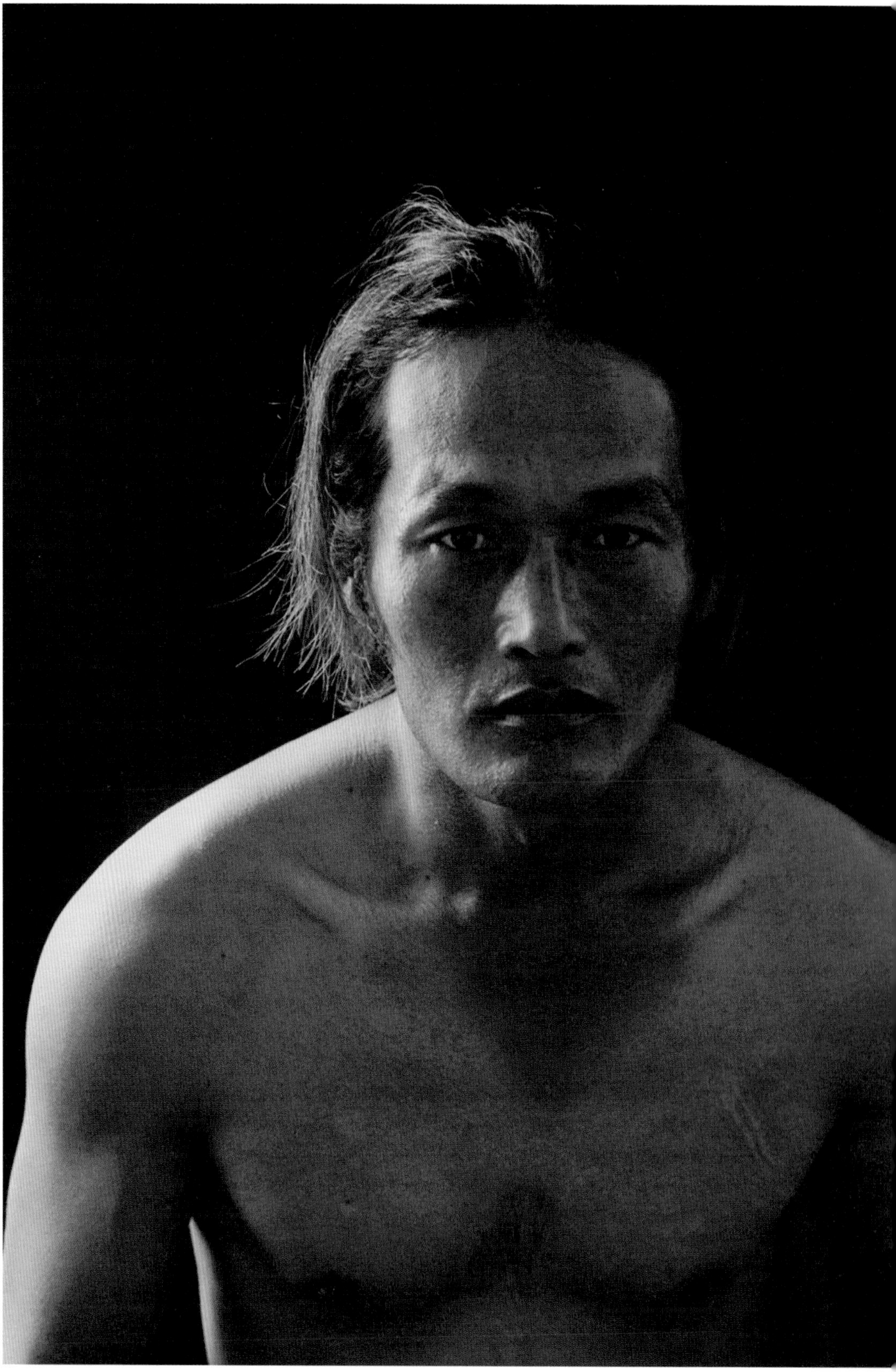

2.

但正是這一相對性而間接的觀看（不管是借助一面鏡子還是一張相片），此對現代人來說似乎再普通不過的尋常經驗，卻蘊含了魅惑的魔力。當我注視著一張“我”的相片，意味此時“我正觀看著我自己”，彷如靈魂出竅、瀕死的經驗，或在夢中的景象；我乃是站在超時空的道口，相片裡的那人既熟悉又陌生，那人是我，那人卻不是真的我；即便是被凍結了的酣暢笑容，亦飽含哀傷的成份。在一張相片裡的那人，或站；或坐；或臥；或奔跑；或跳躍半空中；或揮著雙手；或摟著他（我）的情人、他（我）的伙伴、他（我）的兄弟姊妹、他（我）的爹娘、他（我）的兒女；牽著狗；抱著貓；在自家中；在餐桌上；在郊區；在街市；在校園；在工作場；在艾菲爾鐵塔前；在京都櫻花樹下；戴著方帽於畢業典禮上；在喜宴中舉杯交觥；剛從護士手中接過他（我）才出世的兒……。他（我），在相片中，像一只蝴蝶標本一樣死著，卻得以永保持如許幸福的樣態；英挺、嬌俏、驕傲的、滿足的，而現實中，我猶慘然猥瑣的活著，凝視著相片，兩眼茫茫……。

於是，活著的人不禁興起哀嘆；但願我是在相片裡死著……。

3.

但一張呈現某人肖像的照片，也只能是他曾經存在的証物，就好比物質性的血肉只是生命、精神與靈魂的証明，而不足以完全說明它、涵蓋它。但物質與精神、生命、靈魂的關係又如何？物質與靈魂是二元對立的嗎？

4.

就某種角度觀察，攝影確實與古老的煉金術，以及關在某個昏暗陰森的房間內，藉著已死之人的遺物、咒語和水晶球以召喚死者亡靈的巫術頗有相似之處。那些曾經待在漆黑的暗房裡。僅僅藉助微弱腥紅的安全燈光作業的相片沖印工作者，當他把在放大機上曝光之後的相紙浸泡在盛滿化學顯影液的盆子中，不多時，相紙上銀鹽粒子隨顯影液所促發的化學變化，而逐漸呈顯出一張人的臉孔……，這神秘的一幕，不是現代科學的召魂術或煉金術又是什麼？而經過顯影而被最後一道定影程序固定下來的清晰影像，不正是承載了上帝形象的亞當嗎？

5.

只是隨著攝影日新月異的發展，此現代召魂術的神秘面紗也隨之一層層剝落。早前一年全家上一次照相館，以取得難能可貴的一幅全家福相片的儀式經驗，已經被一捲三十六張的廉價軟片、一小時快速沖印店，以至一張記憶卡可容納成計的影像所取代。若說上帝以其自身的形像造人，因而使人負載上帝的形像，則這些大量的科技影像所呈現出來的，除了現代人對生命的漫不經心，剩下來的就只是一毀損、稀薄的上帝形像。

其實不但是在玩票性質的“業餘攝影界”，在商業廣告攝影、報導新聞攝影、自然旅遊攝影、或純（藝術）攝影的領域……，我們同樣看見上帝形象被稀釋、被扭曲、被破壞、被逐出的事實；相對於亞當夏娃冒瀆了上帝，在犯罪墮落之後被逐出伊甸園，現代人也從自己所發明所營造的影像世界中，硬是不客氣地把上帝趕了出去。於焉在那一冊冊印刷精美、裝禎美侖美奐的攝影集裡，那在天主教神學中被稱為“奧跡”的“神的形像”，已逐漸褪色、扭曲。

6.

任何一張照片絕非純然的客觀，你所相信的決定了你能看見什麼。國家地裡雜誌的攝影者看見的是“人乃是環境的產物”，報社記者看見的是“人是政治、經濟、社會性動物”；科學雜誌主張“人是複雜的生化機器”；而透過宗教信仰，我相信“人是一具有永恆意識的有限存有”，他活在有限的時空、日漸頹敗的肉身與對永恆的鄉愁之中。

一張照片因此不單是對過去懷舊的憂鬱物件，也是承載對不可知的未來，對永恆的焦慮的物件。

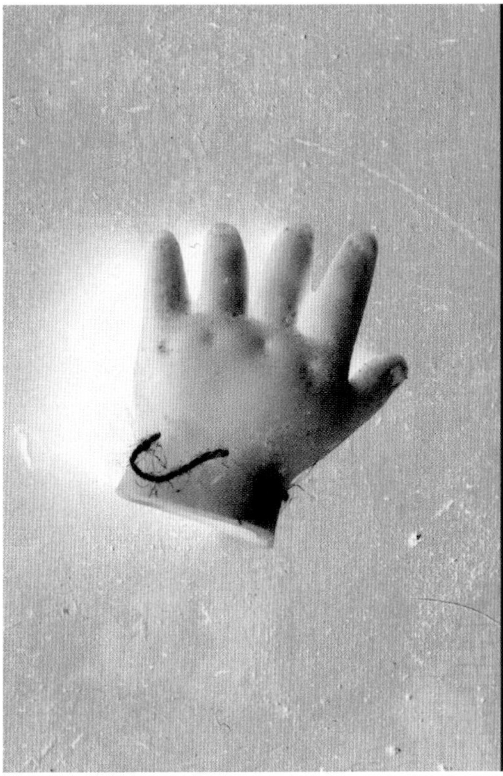 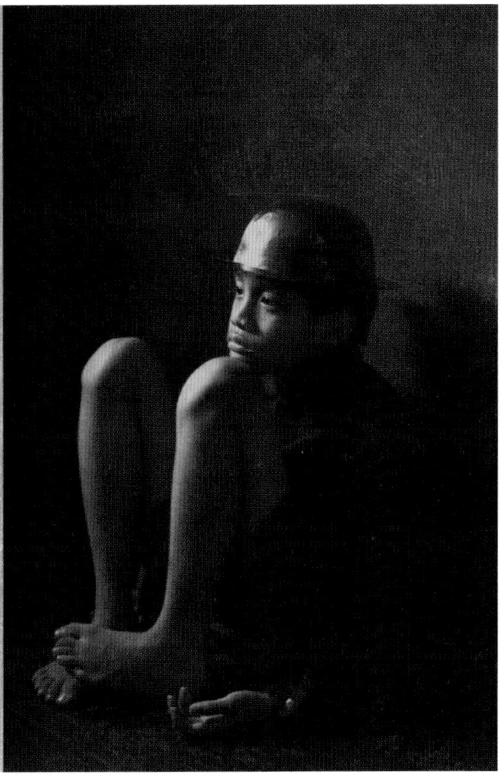

寄給自己的明信片

杜雅雯

從小到大，我們遭遇許多的人、事、物。
不管是美好的或痛苦的，
這些經驗都轉換成了記憶，
而記憶在成億上兆的記憶中慢慢淹沒。
也許現在的心靈狀態，
讓我們無法記得所有細節，
甚至壓抑、抹滅。

但我們的身體絕對不會忘記！
記憶就像編上記號般，
安安靜靜地沈睡於腦海裡，
只待一個暗號，
記憶就像錄像裝置般被喚醒了！
寄給自己的明信片，
就是這個讓自己再度自由、
再度感動的暗號！

嶺東科技大學商業設計科副學士、國立雲林科技大學視覺傳達設計系學士、英國 Kent Institute of Art and Design 平面藝術碩士。

現職建國科技大學商業設計系專任講師。

2002 英國 Canterbury Herbert Read Gallery “This is the way I see the city” 數位創作展
2006 建國科技大學美術文物館「夢與旅」數位創作展
2006 第七屆磺溪美展數位平面藝術類磺溪獎（第一名）

nina_tu@ctu.edu.tw

MALAY
STATES
FEDERATED
1c
POSTAGE & REVENUE
1ST
PAID
PRIORITAIRE
PRIORITY

The Link
PRIOR
0,10
1756 - 2006
0,70
BELGIQUE-BELGIË

The Link

從小到大，我們遭遇許多的人、事、物。
不管是美好的或痛苦的，
這些經驗都轉換成了記憶，
而記憶在成億上兆的記憶中慢慢淹沒。
也許現在的心靈狀態，
讓我們無法記得所有細節，
甚至壓抑、抹滅。

但我們的身體絕對不會忘記！
記憶就像編上記號般，
安安靜靜地沈睡於腦海裡，
只待一個暗號，
一種氣味，
一個氛圍，
一個動作，
一段對話……
記憶就像錄像裝置般被喚醒了！
有時記憶瞬間蹦跳出得令人驚訝到無法承受！
那種流轉出的記憶情緒，
與現在的情緒交錯混合，
形成一種無以名狀的新記憶 的 大量流出。

我們無法迴避！
就像無法預測臨面走來的人，
身上噴著曾經那麼親近的人，
現在死不往來前愛人的古龍水。

無法預測！
曾是那時定位為火辣前衛的高中同學，
抱著小孩素顏擦身而過。

無法預測！
站在提款機面前的我，
眼前竟出現那天似難民般地在倫敦街頭排隊拿法簽時天空的清晨雲彩。

無法預測！
正在異國街頭的我，
突然想起小學的最後一個夏天，為吃到那時心目中覺得最棒的冰，而和同學約好騎著單車在豔陽下拼命騎了不知幾個上坡才到達的冰店。那時吃到的冰，在現在看來或許覺得好笑，但那種滿足的感覺是任何異國名牌冰淇淋無法比擬的！

2ND
PAID

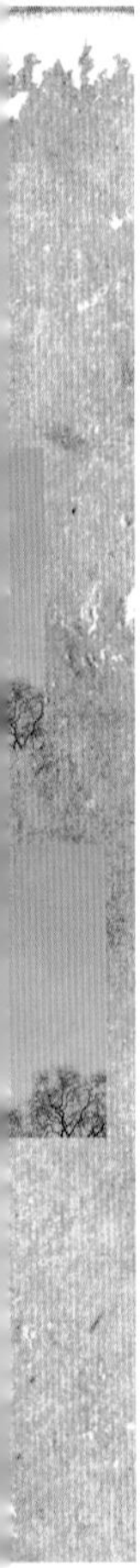

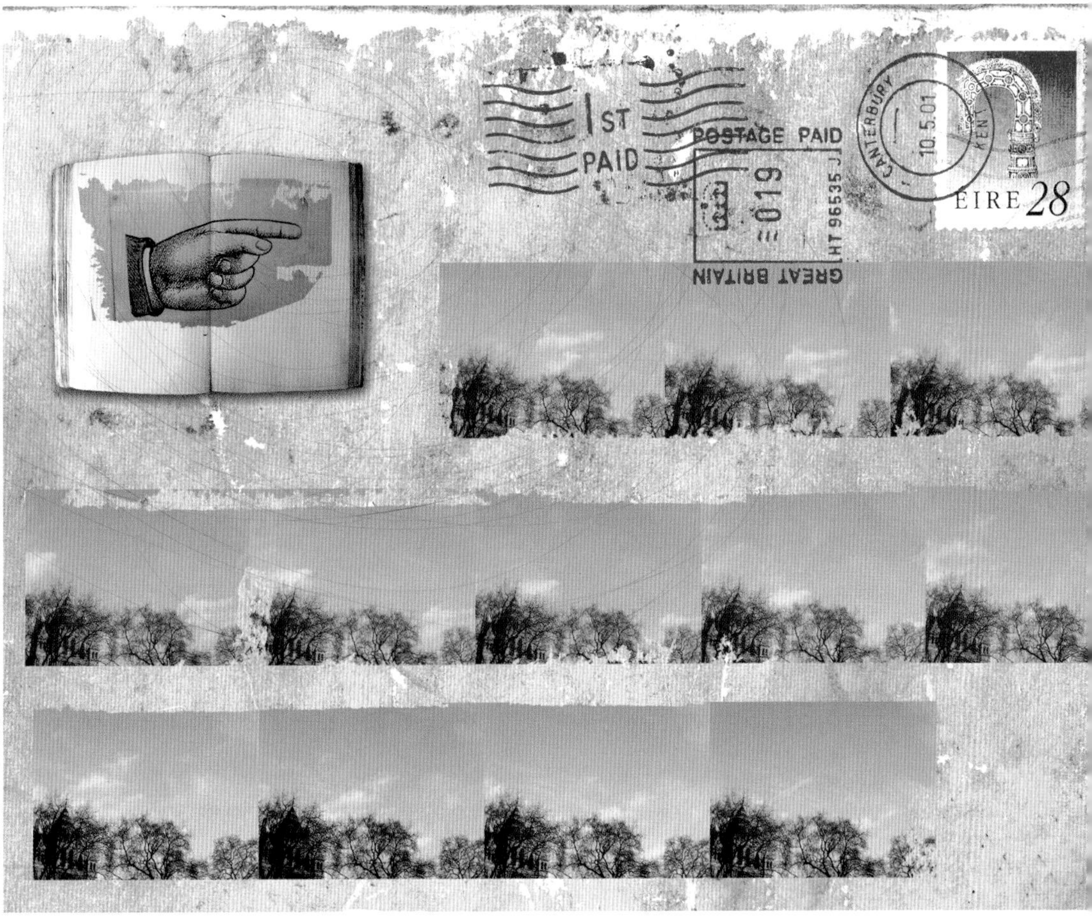
1ST
PAID
POSTAGE PAID
019
HT 96535 J
GREAT BRITAIN
CANTERBURY
10.5.01
KENT
EIRE 28

漂流於各城市對我而言，就像吟頌詩篇或閱讀一本小說。

城市如同縮小版的人類世界，是一個充滿高度情感、記憶與驚奇的環境，她融和了富裕與貧窮；哀傷與快樂；熱情與冷漠；分離與相聚；混亂與秩序；
憤怒與理智……。

所以我開始書寫，
運用影像書寫漂流於各城市的莫名感動；
開始收集，
漂流於各城市的感動證據：
與羅浮宮地板交織出的對話，
在 High Street 上與流浪歌手心靈對話一小時，
突然出現在街上旋轉木馬的短暫童年，
27 秒間流逝的雲彩，
享受明媚陽光的義大利阿嬤內褲。

旅行像做夢一樣，有著不可預知的情況，這也許代表著另一種自由，因為人在現實生活中多少都受到許多的限制，唯有透過旅行與做夢，才能讓人暫時脫離現實生活的拘束。

一邊漂流一邊審視自己的生活方式，
再與
深陷文字與影像碎片中的感動與記憶比對，
一直不斷不斷地對著自己耳語，
一直不斷不斷地書寫。

我將書寫郵寄給我自己，
所有的感動，
所有的自言自語的記憶，
所有的書寫再書寫。

查拉曾在《藝術手冊》（Cahiers d'Art）中提及：
一張自報紙剪下之片斷而加入素描及繪畫中，
是對世界性的可理解的事物之確切的具體化，
也是每日真實事物之片段與這精神所創造的
另一真實事物所產生的關連性。

而郵寄給我自己的明信片，
則是我漂流於世界之精神片段確切的具體化，
城市與夢境影像的拼貼、並置、融合與萃取。

這些片段
在童年就建立的秘密花園中，
不斷地記載下去！
即使一切都人事全非，
但記憶與感動卻永遠鮮紅如少女嘴唇，
明豔如梵谷向日葵，
湛藍如藍色珊瑚礁！

生命本是一種時間的旅行，也希望各位都能看
到自己不同的內心風景！

BELGIQVE
5c
BELGIE
23-24
15
VIII
1912
A
PRIOR
Please
DO NOT BEND
Thank You!

BRUSSEL
13-14
1912
BRUXELLES

飛鼠是愛小米的

許鴻潮

影像主要是來自過去一年，個人在大安溪部落工作站服務所攝取，內容從部落環境現況談起、織布的阿姨、紋面老人、有新家的小朋友，以及部落共同廚房。五個主題以金黃色小米粒作為貫穿，代表著祖先與上帝的守護，還有族人對未來的期盼與想望，能夠得以實現。

自由攝影師。

曾從事視覺設計行業，2003 年 SARS 爆發後，離開都市叢林裡的辦公室，帶著相機開始紀錄台灣這塊土地的真善美。三年來紀錄了大社會下的各個群體，包括眷村、老人社區、山地部落以及客家村、外籍配偶組織等，拍攝對象有企業名人、時尚名模、老人小孩與各行業人士。

目前為聯合勸募協會特約攝影，兼任台中縣大安溪部落工作站視覺規劃師，進行文化採集、產品開發與形象建立等事務。

josefhsu@gmail.com
http://www.pbase.com/josefhsu

Lliung Penux

哇，這是什麼地方，河床幾乎跟路面等高，又如此的靠近住家？是的，這就是大安溪流域部落的環境現況。Lliung Penux 為泰雅語寬廣、平坦河流的意思。兩年前，敏督利颱風重創台灣中部山區，而大安溪流域正是受災的區域之一，大水沖走了沿岸的房屋、土地公廟與學校體育場，但卻有一棟建築倖存。根據族人說法是：颱風當夜惡水肆虐之時，這棟建築物的上方，有出現天使盤旋守護的神蹟，很多族人都跟著跪下祈禱，而安然無恙。我想，是奇蹟也好，是幸運也罷，希望老天或是執政者都能給這群善良純真的族人們多些關懷。

織布的老奶奶

關於泰雅織布 Taminun，有首歌是這麼唱的

Taminun Taminun Taminun Yaki
Taminun Taminun, Taminun Yaki
Durum Durum, Durum Durum（聲響）
Shi-ly Shi-ly, Shi-ly, Shi-ly（聲響）

每次在部落看到 yata（阿姨）在織布，腦中就會響起這首泰雅織布曲，第一次聽到這首歌是一位泰雅朋友在他媽媽生日聚會上獻唱，這樣簡單不過的旋律，卻深深烙印在我的心上。看著 yata 們專注在經緯來回的 Taminun 上，總會有一股溫熱的感動湧上心頭。在過去，泰雅女孩從 15 歲就必須開始學習 Taminun，學成之後才可以文面跟婚嫁，死後才會有自信的走過彩虹橋。而這樣遵行 gaga 祖先訓示的生活，卻因日據時代嚴格禁制文面與國民政府數十年漢化政策而式微。部落中，真正還懂得 Taminun 的至少要超過七十歲了，看著老奶奶熟稔的使用著傳統的織布器進行精細的布織，腳直挺挺的抵著最前端木箱，幾個小時作業下來，連站都站不起來，可以想見，這樣的年歲早就不適合 Taminun 的作業。但，這就是部落目前的現狀，耆老凋零而新血無心。

紋面 yaki 老奶奶

一日，難得開車前往大安溪沿線部落拍風景，卻因光線不佳卻無法讓我按下任何畫面，車子一路往深山駛去，直到途經天狗部落一處菜圃旁，驚見一位紋面 yaki 採完菜正要回家，當下欣喜若狂，因為，在大安溪沿線部落，紋面老人只剩 3 位，這次可以在此遇上罕見紋面 yaki，真是何其有幸。我正稱讚 yaki 臉上的紋很漂亮，她卻說很醜，不太好意思讓我拍照，因為當年日本人全面禁止族人紋面，她的父親請紋面師到家裡，點煤燈偷偷紋，由於劇痛卻又不能發出聲響，身體抖動的太厲害，導致紋得不是很漂亮。每每想到這都會感到鼻酸，試想一個人一生就是希望自己有漂亮的紋面，好好的嫁人，死後有張漂亮的紋面走過彩虹橋，與祖先相會。卻因為外力禁止，導致一輩子感到愧疚與抱憾的生活著。

我的家裡，有門、有媽媽

三叉坑部落在 921 之後因房屋損毀嚴重而進行整村遷建計畫，算一算，今年已經是 921 之後的第六個冬天，冬夜裡的冷冽，一而再，再而三的刺痛居住在組合屋跟工寮裡的族人們的身心，是什麼樣的信念讓族人們對公共政策的頹敗有著一次次的寬容？六年了，房子終於要竣工，族人們歡欣鼓舞的期盼竣工落成典禮的到來。

有一群人，將部落的老舊照片放大後張貼呈列於會場角落，再搭配上前一天小朋友們手繪家園活動的作品，吸引了族人們前來駐足圍觀，也勾起族人們對舊部落一點一滴的印象，而小朋友對自己新家也有著種種期待，有人說「有家真幸福」，也有人說「雖然等六年，還是被我們等到了」、「我的家裡，有門、有媽媽」在這天真的童言童語中，也透漏出小朋友對於未來的企盼。希望這一棟棟的小房子，未來可以重新凝聚著一股股的暖流與溫馨。

部落共同廚房

大安溪部落共同廚房可以說是 921 重建案裡頭，最為人稱許與成功的案例。傳奇的是，一位外來的漢族社工員協助部落重建甚至嘗試找回即將逝去的 gaga 祖先訓示，透過「共食」的實踐去凝聚部落族人的向心力，讓族人們專心投入部落事物，也針對老人與重症患者送餐照料，還有與在地果農合作生產販售「富有甜柿」，在在都讓族人們對未來產生出更多的期盼，更找回失去已久的尊嚴。現在農地上也開始復植起從「司馬庫斯」借回來的小米，相信不久就會有滿園小米的景況。而我也深信，飛鼠終究還是愛小米的。

我的家裡 有門 有媽媽
Butterfly

浪漫低潮期

陳瑞和

心象素描陪我走過了近 10 個年頭，紀錄了我所有值得回憶的點點滴滴，已經變成了我重要的生活一部分，相信再過了 10 年回頭來看，必定會有更多深刻的意義紀錄在裡面 !!

1977 年出生，台北人。

從小喜歡繪畫，喜歡創作，進行心象素描的紀錄已將邁入第十年。

現任職於 Memes Creative Partnership。

雖然在台灣從事創作十分辛苦，但仍對於未來充滿著信心與希望！！

sting16chen@yahoo.com.tw
http://home.kimo.com.tw/sting16chen/
http://tw.myblog.yahoo.com/sting-chen

最近的我又陷入了莫名的低潮之中。

剛離職的我面臨了一次人生十字路口的選擇，對於 30 歲的關卡即將來臨，很多的選擇都必須考慮更深更遠，不光是自己的問題存在，對其他人責任的驅使之下，讓在思考時都增加了許多以往不曾面對的問題。似乎任何的一舉一動都牽繫著未來的一切發展。因此對於任何事都猶豫不決，總覺得是自己想太多了，但又放不下心的好好休息一下。

低潮也讓我整個人退縮了起來，再加上親人因病住院的刺激之下，似乎更讓我眼前的景色灰色色調加深許多。

在知不覺中又再度翻起 9 年前所畫的幾張作品，作品的背面是這樣的寫著：「時間正在一點一滴的壓縮，而恐懼則慢慢從內心萌芽著，似乎有什麼東西正在蔓延。」另一張則是寫著：「未來的不確定性讓我很迷惘，雖然我相信所選擇的道路是正確的，但還是缺少點勇氣去往前邁步。」

人生似乎就是在一些課題選擇中輪迴、沉澱再輪迴的持續下去。看著畫，讓我猶如時光回轉到 9 年前的我，非常深刻的感受到當時所面對的問題，與對未來不確定性的徬徨。

那時因為遭逢摯親的過世，面臨了人生很大的轉變，黑暗不時的在你身後埋伏，企圖在你不注意的瞬間，將你完全無空隙的籠罩。

我開始藉由心象素描來抒發與紀錄心情，慢慢的撥開黑暗的烏雲。低潮中帶點浪漫的時期，重新喚起了我對於繪畫的喜愛，直到現今。

面對「低潮」我必須要採取一些姿勢來回應，因此我開始了屬於自己的私密旅行。

隨著年齡越增長，能有屬於自己個人私密的時間可是越來越少。在學生時代的我一定很難相信，再容易不過的在城市中悠閒漫步、沒有目的性的放空自己的思緒，讓思考暫停，用身體去感受城市街道因四季而產生的各種細微變化，對於現在的我居然視此種行為非常奢侈的一種享受，令人遙不可及 !! 但也因為如此，更加使我自己想要趕快趁時間還有的時候，心態上還未被現實所消耗完之前給自己留下一些個人的、私密性的記憶與回錄。

而人生總是如此的令人捉摸不定，但也因為這個低潮的契機，讓我暫時能夠放開心胸的拋開繁雜瑣碎的心情與窒息的低潮，好好的用身體去觀察與體會，來思考如何在浪漫低潮期中得到些什麼啟示與感想？

心情充滿期待與放鬆，空氣中瀰漫著平靜安穩的氣息。一個人坐在捷運的車箱中，安靜的細細體驗即將到來的旅程。輕聲的告訴自己要再放輕鬆點。目的地暫時還未決定，就順著無形的流向而到我該去的地方。

在結束了私密的旅程，踏上回家的歸途之中。拖著沉重的行李與疲憊不堪的身軀，慢慢散步在熟悉不過的回家路上。雖然是同樣的路程同樣的景色，但卻從內心體驗到不一樣的感受。傍晚 5 點的天空漂浮著不可思議的圖形，圍繞著我的四周，而這幾天旅程的景色與體驗像是濃縮後，飛逝地從我四周快速飄過。雖然疲憊，但心情已經不再驚喜亢奮，取而代之的是平靜的內心與愉快的回憶。

如今的我再度開始以這私密旅程為另一個起點，低潮中但帶點浪漫，讓下個低潮的我能感受到現在我的低潮能量，人生也就在不停的輪轉中渡過與成長，就像是 9 年前因低潮而產生的心象素描。現在的我也要再次享受浪漫低潮期。

台間隙
Platform Gap
HI

士林站 →→ 芝山站 → 明德站

創意獎／

四四南村

丁一峰

在充滿時尚感的信義商圈卻很少人知道這裡有處台灣最早的一個眷村，這個地方現在叫做信義公民會館。

更令人感到慚愧的是，積極推動保留南村工作者，是一位長期關心台灣歷史文化的加拿大朋友史康迪先生，和美籍的台灣媳婦艾琳達女士。

這個眷村所隱含的歷史意義不該被埋沒在商圈裡，而是讓更多國人去認識它的價值所在。讓更多國內的文化遺產能獲得國內更多的重視和保護。

1982 年生，景文技術學院資訊管理科畢。

從事電視數位後製工作多年，現為特效合成、數位剪輯工作者，並從事節目企劃撰寫、劇本創作。

曾參與後期製作的作品包括：霹靂布袋戲系列－龍圖霸業、我猜我猜我猜猜、台灣 ROC、明星遊戲王、桃色蛋白質等。

cpk62679@ms37.url.com.tw

四四南村—時代的對比

高聳的台北 101 大樓與老舊眷村屋頂的建築對比是很矛盾，也很尷尬的空間對比。好像一群老舊的建築正向著這個世界第一高的大樓感嘆著：「這年輕人還真高啊！」。老舊建築抵擋不住歲月的潮流，新的建築新的設計讓這城市有了新風貌，但留下來的舊建築卻有著新建築所沒有的獨特味道與歷史記憶。這些房子聳立在這，為當初第一批撤退來台的國軍遮風擋雨一輩子。這裡的一磚一瓦記憶著當初匆忙來台的戰亂背景，記憶著那兩岸骨肉分離的思念情，記憶著那顛沛流離的歲月。隔了一條馬路的對面是熱鬧充滿時尚感的信義商圈，在那已經嗅不到戰亂時的煙硝味，有的是充滿流行趨勢的時尚感；但這裡的空間卻不同，沒有了時尚感，卻多了點懷舊的歷史情感。這裡是四四南村，台灣最早的一個眷村，為了安置隨兵工廠來台的員工與眷屬，由部隊搭建的員工宿舍。現在這裡改了名字，保留下它的記憶，我們給它換上一個新的名稱，它是現在的「信義公民會館」。

四四南村—巷弄的記憶

曾經在這巷弄間閒話家常的記憶已不復見，巷弄的一磚一瓦沒有改變過。改變過的是曾經在這陪伴渡過那段懷舊刻苦的回憶。眷村上學的大哥大姐走過的巷弄、隔壁一口北京腔的趙伯伯屋內收音機傳到巷弄間的愛國樂曲、習慣在晚餐時捧著大碗飯四處串門子搶著黑白電視機的大頭、一早起來蹲在水溝旁刷牙的翁叔叔……巷弄間夾雜著各地不同鄉音的招呼聲，都已慢慢消失在這空寂的巷弄，從熱鬧的記憶變成如今只有綠葉陪襯空寂的巷弄。停在這個角度，" 卡嚓 " 一聲，我捕捉下這巷弄孤寂的身影，好讓曾經在這生活過的人用過去的記憶去填補回那當時令人悸動的景象吧！

四四南村—斑駁的足跡

門上的春聯都泛白了，已經不知道多久沒有人來為它們換上新的門聯，重新再幫它打扮得更有活力。左邊的老兵它病了，身上的青苔不斷在侵蝕著這位老兵。老兵的皮膚也病了，失去了它美麗的外衣的保護，皮膚不斷侵蝕脱落，連皮膚底下紅色血漬的骨頭也暴露出來。右邊那位老兵似乎幸運多了，沒有青苔的侵蝕，更披上光滑亮麗的外衣，這傢伙顯得年輕許多。左邊的老兵相較下更顯得老態龍鍾。不管是老兵、不管是新兵，每個階段都有它賦予的任務和使命感。屋子老了可以讓它再生，人老了似乎也只能在這斑駁的一磚一瓦中去找尋曾經的回憶。

四四南村──不死的老兵

這裡曾經是很多老兵與眷村小孩的回憶，以前這住著一群由大陸撤退到此的老兵，有著天南地北不同口音。從前緊連在一起的磚瓦屋頂在重新規劃後保留了數間完整的房子，中間的大廣場活生生被怪手推平了，已經沒了家家戶戶擁擠巷弄的感覺。廣場上矗立起大大的照明燈柱，是代表時代進步的產物，新產物夜晚照亮著這些老前輩的記憶，也照亮了這一磚一瓦，讓它在我們的生活中繼續發揮著殘存的歷史價值。就像一個老而不殘堅守崗位的老兵，我稱這些建築物為「不死的老兵」。

四四南村──CAA010801-024

CAA010801-024 這是這屋子的編號，雙手摸著油漆脱落的木牌，這串數字對住過眷村的人、對曾經住在這屋子的主人，有著不同的情感。那代表著一串記憶的密碼，靠著這串密碼在腦海記憶中可以解開他的思鄉之苦，解開巔沛流離逃難的歲月，解開那段烽火歲月的遺憾。這串數字嗅得到當時戰亂的煙硝味，嗅得到老兵心繫大陸歸鄉的思念。在我們眼中或許只是軍方統計的編號，但對於認識它的人，它代表著是五十幾年老兵的記憶。

你的蒙古包

王光玉

在日常生活裡、在旅行途中，數位相機是我的另一本日記。這本圖像日記，比文字紀錄更多了一層情境與畫面，讓記憶空間變得更寬廣。

曾經，在旅行時，拍立得相機即拍即看的驚奇，拉近了我與當地人的距離。而後日漸便利的數位器材，同樣能夠立刻觀看拍攝畫面，取代了拍立得相機；也為我留下許多歡愉的、感動的、驚豔的瞬間。

回到台灣，處在摩爾定律快速發展的數位世界，我反覆翻閱旅程中的影像，尤其感念途中陌生人的幫助。我想再次尋訪影中人，但在世界的彼端，他們有自己的生活步調，那一刻稍縱即逝的感動，只能凝結成數位影像，再也尋不回。

靜的雙子座。曾走訪全台灣高山森林，研究植物、蝙蝠等動植物生態。

2000 年時參與遠征活動，牽駱駝徒步橫越蒙古、中亞等地。之後投入攝影與文字創作，以旅行為生活。

smilax@ms28.hinet.net
http://kykh.com
http://blog.chinatimes.com/kykh

我不會唸你的名。我想念你。

你的國家好大。每天，清晨的曙光得「走」兩個小時，才能照遍蒙古的東與西。

記得那年夏天，牽駱駝馬匹徒步橫越蒙古，我們在草原、戈壁上蟻行。駱駝的雙峰和牠背上的食物袋一樣枯扁；馬鞍在馬背上擦磨的傷口，塞滿了蠕動的蛆；我們腳底的舊水泡沒來得及風乾，新的就來。

電力用罄的數位攝影器材，沈甸甸地壓在肩。我眼前不斷變換的風景，上映著戈壁藍紫黃紅的光影；荒原上乍見一群野羚羊奔竄；岩山陡壁間突然躍出了大盤羊……可惜我留不住腦中的暫存影像。

遙望你的小鎮，在蒸騰的熱氣中舞動。馬伕巴特爾用雙手和表情混合幾句蒙古話，打包票說：只要找到你家，療傷、充電、張羅食物都沒問題。說得像莫逆之交。不過是兩年前，巴特爾從西邊家鄉趕幾千隻羊往首都去賣，路過小鎮時認識了你。

越過小鎮。你的蒙古包，就在大河畔，水藍、珍珠藍到寶石藍的漸層，水墨似的在眼前漫舞。

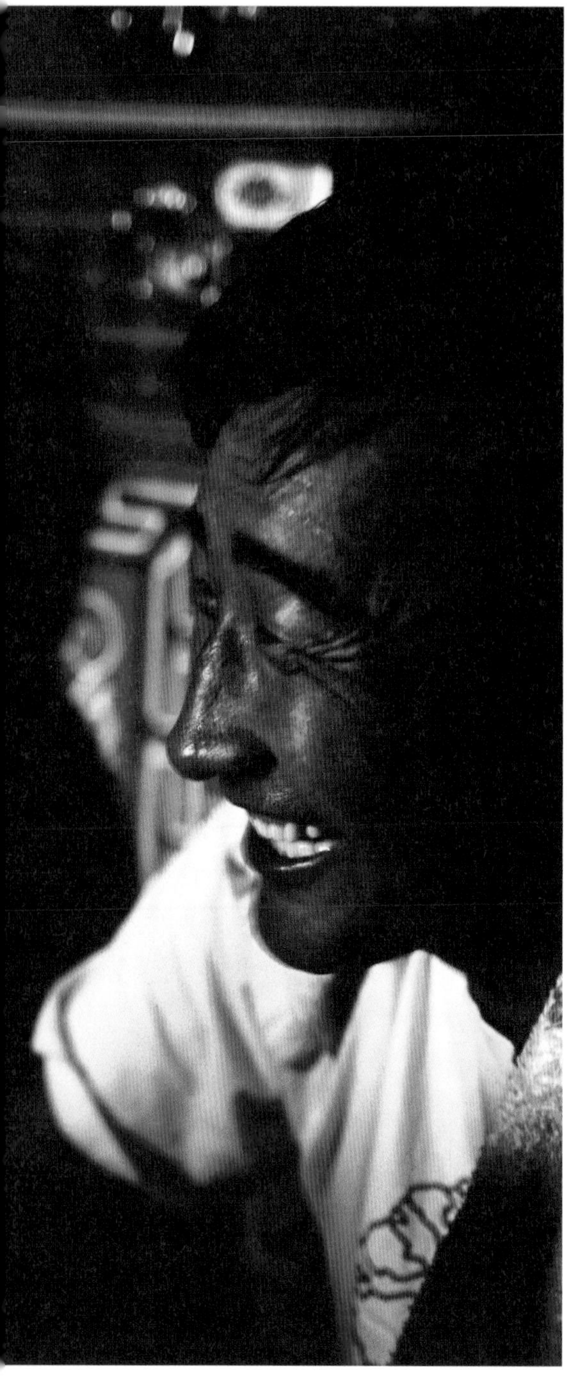

茵綠的草原上，你粗壯的臂膀向後一扯，發電機啵！啵！啵……散出了黑煙與煤油味。一小時後，我的數位器材活了起來。

夕陽下，鑲金邊的羊群與人兒的剪影漸漸靠近，是你的男孩們回家了。孩子看見相機螢幕裡自己黑臉的模樣，趕緊洗把臉、換上最美的蒙古袍，一家人呵呵的笑聲盈滿蒙古包。

你與太太也整裝戴帽，吆喝大夥一塊兒合影。我拉著你們往羊群前拍照，而你們最愛和新買的中古車合影。天色已暗，大家聚成圈認真地盯著相機的螢幕，我們靠得更近，更近。

蒙古包的幽暗中，你的臉在燭光中映出靦覥。我低頭察看相機螢幕上放大的畫面，你眼尾的褶紋拱著一雙炯熾的笑眼。我們大塊吃水煮羊肉，大碗喝馬奶酒，儘管話語不通，大碗在手與手之間傳遞三輪後，大家都說著同樣的「酒語」。

曙光來了。我在咩咩咩的叫聲中醒來，一睜眼，看見帳篷上映著山羊的影。淘氣的山羊兒，把帳篷當作山爬。

我從營帳走進你的蒙古包。昨日攝入相機裡的場景變了，牆上的幾掛馬鞭與轡頭、木箱裡中國製的鍋刷衣鞋、韓國的洗髮精香皂泡麵、俄羅斯的巧克力餅乾魚罐……都被你取走了，留了一籃青蘋果和紅蕃茄在小桌上。我探出蒙古包門外，與大夥兒合影的小麵包車已無蹤影，你和太太正駕駛著流動的雜貨店，在數百公里外的包與包之間游移。

你的蒙古包裡，空氣中的羊油味與牛奶香還暖著，一大筒炸麵果、一大盆煮羊肉、一大壺熱奶茶，邀請我們作蒙古包主人。Q 嫩的羊肉、鮮奶油、麵食和蔬果，是旅途中啃乾麵包、喝涼水時，最渴望的。

幾年後，仍想念你，想念照片裡你的笑容。我與巴特爾乘吉普車再次經過你的小鎮，找到了我曾經在水中漂髮沐浴的大河，粼粼波光閃著天空的深藍，我的嘴角漾出了笑，彷彿近鄉情怯。

一再用 GPS 確定幾年前的位置，卻找不著你的蒙古包。草地上只留下與蒙古包同大的圓圈，長滿新嫩的草。

你仍留著祖先的游牧性格，走了，到你們容易生存的地方。你只花一個小時，搬走你的蒙古包，而我恐怕這輩子再也見不到你。

小鎮的人說，曾見你領著駱駝隊往大山的那頭。我收拾起一疊陌生而熟悉的照片，看不見你們翻看相本時呵呵笑的模樣；闔上了舊通訊錄，沒想到從你筆下流出的蒙古文字，生命這麼短。還有許多個，像你一樣，曾經收留我們、幫助過我們的的蒙古包，也找不著了。

而馬伕巴特爾每次都只聳聳肩，好像遇上雜貨店關門一般，說：「走吧！」。

三天的安全與溫飽。

當曙光再來時，才見
情不再，只是靦腆。
駱駝，套了一匹屁股
的傷馬。你太太在我
袋風乾羊肉和白色的
膠桶灌滿了奶茶。

騎馬載送我們涉過大
笑，揮手。翻滾的雲
身影，逐漸模糊。

畫尾

竟程

只要人類善用科技，不僅能讓生活更便利，還可拉近你我間的心靈距離，分享彼此人生裡的真善美。

文中葉君利用數位相機拍下人們認真生活的身影，接著有方接手，依葉君所言在紙上為影中人素描、加繪尾巴，經掃瞄入電腦後，再以繪圖軟體上色，至此才完成葉君希望有方能一起分享的幸福樣子——這應是科技穿透心靈、再創感動的最佳例證。

再者，就身為繪畫創作者而言，能利用電腦為黑白素描上色，即是件非常幸福的事。光一隻數位筆，就可替代以往買的大量又貴的顏料，也幫我掙脫了鉛過敏的折騰，從此想像不光只在腦海裡天馬行空，還能進一步跟我的寫實畫風結合，讓創作的天地變得更寬廣、更自由……在此，我焉能不感謝電腦帶給我的這一切？

1966 年生，台南人。
世界新專三專日間編採科畢。
曾任職於環球日報、行政院新聞局、中時晚報。
現就職於中國時報。

arialeepee@yahoo.com.tw
http://tw.myblog.yahoo.com/dancein-thedark

上周末下午，我探訪了因意外昏迷三個月、甫於上周乍醒出院的葉君。

葉君復原神速，原本陰鬱的個性也變得開朗，彷彿換了個人似的。我們沒聊多久，夕陽斜暉即迤灑滿室，葉君陡像個興奮出遊的小孩拿起數位相機，高呼道：「走，到外頭走走。」

在人行道上，我們遇到一對母子——小男孩生根般站在原地不動，無論母親如何軟硬兼施都勸動不了他。就我對小男孩表情動作的觀察，心想他應是位自閉兒。

葉君悄悄按下快門，閃光燈的明滅像招呼一樣，吸引了一直注視自己手背的小男孩目光。葉君蹲下身，再以輕柔語調道：「小朋友，媽媽今天會改走這條路，是因為原來回家的路在施工不通，就像鯨魚游到被大石頭堵住的路，只好調頭換路走。」

小男孩在斜睨了葉君一眼後，便又再低頭注視手背，但嘴裡卻開始喃喃重覆葉君的話：「鯨魚調頭換路走，鯨魚調頭換路走……」沒多久，小男孩就開始兀自慢行。

母親見狀即先輕拉住小男孩，再轉頭驚疑地問葉君：「你怎麼知道我是因為道路施工換路走才惹小齊生氣？而且還知道小齊喜歡鯨魚？」

「我猜的，我猜小齊一定也很喜歡游泳。放他盡興去游吧！將來定有成就。」
母親繼以睜得更大的眼睛連搖著頭說：「我不知該說什麼，總之，非常感謝你。以後小齊游泳，我會盡可能放手讓他游。」

望著母子漸遠的背影，我禁不住好奇：「知賢，剛剛怎麼回事？」

「有方，全都因為我看得到尾巴。」

「尾巴？」

「從昏迷醒來那天起，我忽然發現自己能看到人的尾巴。像剛剛那個小男孩，就有條非常強健漂亮的人魚尾巴，而且藉由尾巴，我還能感應到小男孩內心的想法及其潛能。」

當下，換我瞠目結舌地怔視葉君。

「走吧！我還得再拍幾張照片。」

循著震耳新潮的舞曲聲，我們來到一家百貨公司的前庭廣場，在臨時搭起的小舞台上，正上演著流行時裝秀。

葉君拿相機朝舞台邊控樂的ＤＪ男孩照了張相，並開口說：「這大男孩有條短短的烏龜尾巴。他熱愛音樂，對音樂有見地，也很堅持。」

葉君又提起相機拍下舞台上搔首弄姿的女模特兒，再喃喃道：「這位模特兒有條大又蓬鬆的松鼠尾巴。她很上進，不但因家貧半工半讀，還幫家裡的弟弟付學費。」

離開時裝秀現場，走沒一百公尺，我們便因腹鬧空城而走進一家小吃店。

點完餐，葉君隨即起身找老闆閒聊幾句，最後再懇請老闆讓他拍照。

拍完照回到座位，葉君轉著頭直望老闆的背影說：「這位老闆身後有一大叢金黃熠亮的公雞尾巴。他每天天還沒亮就起床工作，很喜歡邊燉排骨邊高歌⋯⋯」

葉君話還沒說完，老闆便已轉身端湯走來。藥

了，會剝奪你想像自己有條長長恐龍尾巴的樂趣。」

在葉君精準説出我內心的想法之後，覺得自己在他面前就像個透明人似的，也對他能看見人尾這件事不再存疑。

葉君再將手裡的數位相機遞給我：「有方，相機拿去。你是畫畫高手，麻煩你為我幫他們畫上尾巴。」

「？」

葉君當然知道我在困惑什麼：「好友，因為我很希望你也能看到尾巴，那些，都是幸福的樣子。」

燉排骨一落桌，香氣、熱氣即如冬陽般拂過我的臉。

「有方，這是幸福的味道。」

「嗯，我同意。」

在大快朵頤舔了舔滑溜到嘴角的幸福味道後，我們開始往回走。直到我們行至依舊人氣沸騰的百貨公司前，葉君忽然隨性換了條巷子走。

巷子裡，七里花香宛若夜河一樣在水銀燈下飄流著，驀地，我們瞥見不遠處，有位白髮白鬍的拾荒老者正哈腰撿拾掉落滿地的大小紙箱與雜物。我們快步趨前幫忙，且在贏得老先生不住地點頭道謝後，葉君也乘勢拍了照。

「老先生有條巨大又堅實的紫蠍尾巴。他樂觀知命，做事踏實，而且，對長年臥病在床的老婆不離不棄。」等老先生離開後，葉君才淡淡說道。

待我們漫步走到我停在巷口的福特車前，葉君突然掬起笑臉說道：「有方，我知道你為什麼不問我你長的是什麼尾巴。因為，你怕我說

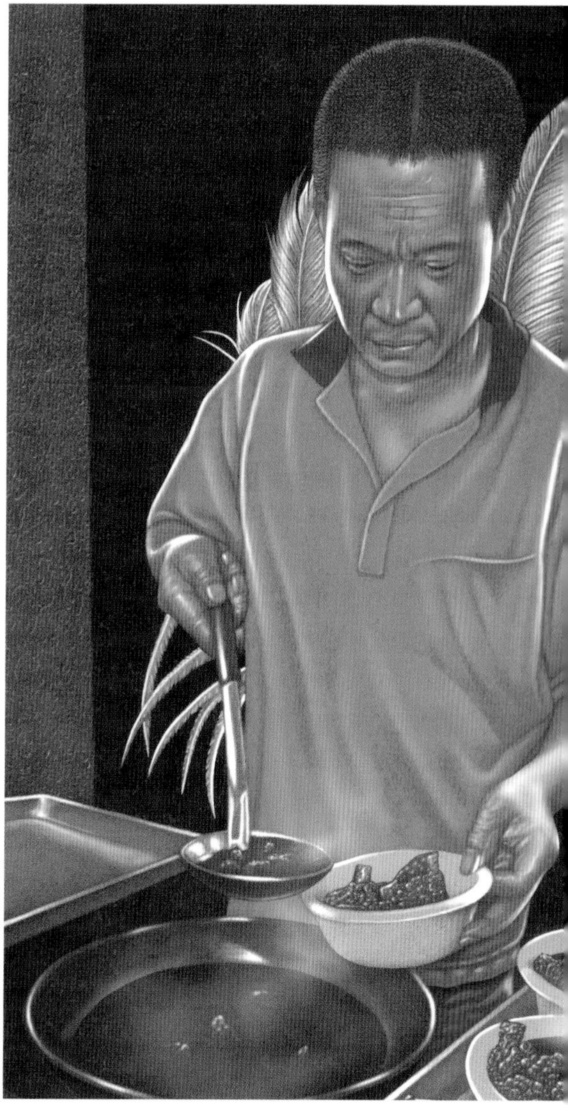

城市守則

李怡臻

家有家規，國有國法，前些時候的某一天，發現城市人事物在快速進化下，城市裡也發展了些不成文的守則，人們大多也默默的遵守著，文字上用條例描述各個現象，畫面用生活週遭的場景和在呼吸間常被略過的景物拍攝下來，切割重組後的相片和插畫作結合，抽象和具象相互整合呈現整個氛圍。

北士商廣告設計科、樹德科技大學視傳系畢，目前在動畫多媒體公司擔任設計師助理。

ida0602@hotmail.com

城市守則一：

嚴禁視線交集

尖峰時段所有的沙丁魚罐頭裡，人人被迫面對面肩並肩肉貼肉，同一根鐵桿握滿密麻的拳頭，在每個拉環下隨著節奏一致搖擺，不論是朝九晚五的標準螺絲釘、身著黑色百折裙的青春無敵花樣少女、倒了半罐古龍水的生猛青年，龍蛇混雜各路人馬精英或過時的109辣妹，皆能神乎其技地避開所有錯綜複雜的眼神，訓練有術般地讓眼神飄忽越過面前的人山人海，或者用一種既認真又嚴肅的神情專注看著面前的一團空氣、對面腳下掉漆的粗跟皮鞋、盯著出門來不及修剪的長指甲、仰頭望著號稱台大生產機絕對補安心的騙人廣告，總之選個目標，然後好好研究它。不巧犯了忌諱者，則請自行迅速調整視焦喬裝眼神散渙，接著慢慢扭轉頭部角度力求自然不作做，成功化解了尷尬，維持了空間視流平衡。到了家開了電腦裡的通訊軟體，人，開始熱絡了起來。

城市守則二：

保持高度警覺隨時進化

頭上是不是頂著人腦補強器背上是不是背著人工翅膀以便飛行身上有沒有穿著冬暖夏涼人造纖維四季衣還是腳上裝著人工代步機上面鑲著換檔遙控器？

聽說他臉上戴的是今夏全球藍芽手機新功能腦波感測儀，使用來自英國情治局最新科技，真是棒009力挺代言，藉由神奇的小叮噹腦波掃描技術，不需讀取時間，沒有一堆神奇按紐，只要如往常一般使用手機，自動掃描歸納出對象心情，不開心，很開心，心情波線如號子指數一目了然，隱密性高，攜帶性強，實為搭訕把妹，職場應對，互耍心情的生活良伴！

還聽說明年要發行人體汰換器，身體是一個又一個臭皮囊腦袋暫時摘下歇息，身體隨時汰換更新，九頭身七頭身還是五五身任君挑選，下個月就該讓它換季脫手以保新鮮。不管是一黑二黃三花四白，通通都能一次滿意，最新生化科技讓你自己挑身體，雖然有人說這樣對心理健康無益，不太好，但什麼時候會出個心靈汰換器？誰知道。

07

城市守則三：

嚴防資訊垃圾老梗新聞土石流攻擊

新聞造英雄，新聞造時勢，只要兩個字「新聞」就是「天下」，檳榔搞軌生菜沙拉，台開黃金蛋炒飯，世足鐵頭獅子頭，最夠味的主菜駙馬爺特級焗烤全餐，整整四十七天製造工時，絕對超值，繞口餘香數月不斷，再來道淑珍珍奶讓你無法喘息，二十四小時上菜，保證滿足人人滿意，只要有心掃個地也能讓你變明星，最新最 HOT 熱門景點，漢生東路一票玩到底泰安休息站人人都可以，我們需要資訊節食，太多的重油重脂讓心靈阻塞，隨時控管每日新聞卡路里，大愛台散發感人訊息，BBC 訴説世界，網路大海百匯聚川，弱水三千，取之一瓢足已，清新自然找回自已，人性本善不是或許，隨時關心周遭，世界在轉，數位生活讓我們活得更好。

城市守則四：

小心老闆出沒，嚴禁不成熟之偷懶行為

飄躲閃尿遁，飲水間歡聚樂逍遙，本是一介小小上班族人人必練且身懷已久的絕技，但好景不常，時代在變，數位化監控離位每分秒，視窗總是在未收要收之時慘被發現，刷卡出門時間在跳，數位生活讓小小上班族們瞬間步入絕地？自古以來，道魔相爭，電腦比照摩托車裝設照後鏡，使用最新軟體 0.05 秒內收拾所有視窗，使用 3G 手機與 B 區第 124 隔間秘書小姐打情罵悄同時無線上網跳躍都市叢林，自由就在你心裡，偷懶也要很數位，順應變化，歡樂無窮。

城市守則五：

人生海海，嚴禁活得太認真

城市步調節奏迷炫逼著快步向前，沒有規定不能以恰恰的舞步大步躍進，行事曆也不是填字遊戲先寫滿的人贏，遊戲規則自己訂就好，只要有心，人人都有主意，當然，有些守則也不用看得太仔細。

04

03

趨光—Phototaxis

徐瑋君

我覺得生物“趨光”的特性，與人類對於追尋理想的渴望，有某種可以連結的空間。藉著這種生物特性，來引申出「無論是現在、過去或未來，對理想的渴望與嚮往，使得人類產生前進的動力」。

1982年生，台中人。
2002年於國立台中技術學院商業設計系五專部畢業，
目前就讀於雲林科技大學視覺傳達設計系二技部。

【趨光—Phototaxis：指生物對光線反應的運動。】

生物受光線刺激而產生反應的特性，是與生俱來的。牠們沒有經過後天教育，生來如此。這讓我相信宇宙萬物的存在，都是高貴而美好的。

因為"光明"是理想與一切美好事物的象徵，它給予生物永恆的指引，為牠們帶來繼續前行的動力，萬物也是生而追尋光明。如果有神的存在，我想這大概是祂最偉大的安排。

漫步在黑暗的公園裡，總會見到一大群昆蟲聚集在路燈下飛舞的奇異景象。

昆蟲受到路燈微弱光線的感召，紛紛從各個黑暗的角落緩緩飛出來，聚集到昏黃的燈光下，不顧燈泡的灼熱，沐浴在光線中，不肯離去。

注視這個黑暗中的奇異景象一久，發現微弱

看見的是真實的願
，他們不顧一切地
，卻在以為夢想即
熊烈焰無情地吞噬，
，脆弱的翅膀就化

線，避免暴露於外
森潮濕的地底世界
漆黑的環境隱藏自
。

為是骯髒邪惡、令
地面下彷彿是不同

著宿命一般截然不
抱著延續生命、繁
著，或許牠們的立
之分。

，看似遵循著一定

有些外表美麗絢爛的
陷阱，並非跟它們的

人們像飛蛾一樣，分
景，還是虛幻的海市
朝理想中美麗的目標
將實現的那一剎那，
還沒來得及發出一絲
為灰燼。

於是某些生物選擇躲
界，牠們晝伏夜出，
中生活，繁衍後代，
己，迴避虎視眈眈的

生存在黑暗中的牠們
人厭惡的生物。地面
次元的世界。

這兩個世界中的生物
同的生存方式，但都
衍物種的目標堅強地
場是對立的，卻沒有

雖然世上所有事物的

不，自禁

張喬筑

敏感的出沒
藉由視覺、聲響與想像
感受周圍 跳脱束縛 用腳步計算著城市
單純只是不自禁的生活

熱愛生活、音樂、攝影、畫畫、寫字。
喜歡觀察周圍的點點滴滴，看很悶的電影想事情。
努力接受現實社會中的許多不得已，追求更多的自由和天馬行空，作獨一無二的自己。

pi_017@yahoo.com.tw
http://my.streetvoice.com.tw/metalbunny

帶著天馬行空的行李，前往初秋的火車上，咖啡霧氣了車窗，用手指畫出驚嘆號，我們 旅行去。

[我們 旅行去。]

路過無數被暮色遮蔽的天空
好像微弱的賜與著光 隨手點亮
那麼理所當然的空降在每個交界 暈染了沉默的山頭

路過著一戶又一戶擁有美麗屋頂的白色大房子
哥德式的窗台 綽約了街道
只是對於這世界對它們的忽略
有意無意的透露出怨懟

路過了一襲土耳其藍的長窗簾
欲擒故縱的飄搖
就在長街的那頭 轉彎之後
似乎是滿載著故事卻欲言又止

我會正襟危坐的用彩色顏料畫出當時的心情
一邊嚮往 led zeppeli 那樣的風塵僕僕
幾個音符就能點破的初衷

一切都還好
畢竟時間已我不能控制的速度消磨著僅剩的熱情
所以我當然不會忘記 懵懂的絮語
帶著天馬行空的行李 前往初秋的火車上
咖啡霧氣了的車窗
用手指畫出驚嘆號 我們 旅行去。

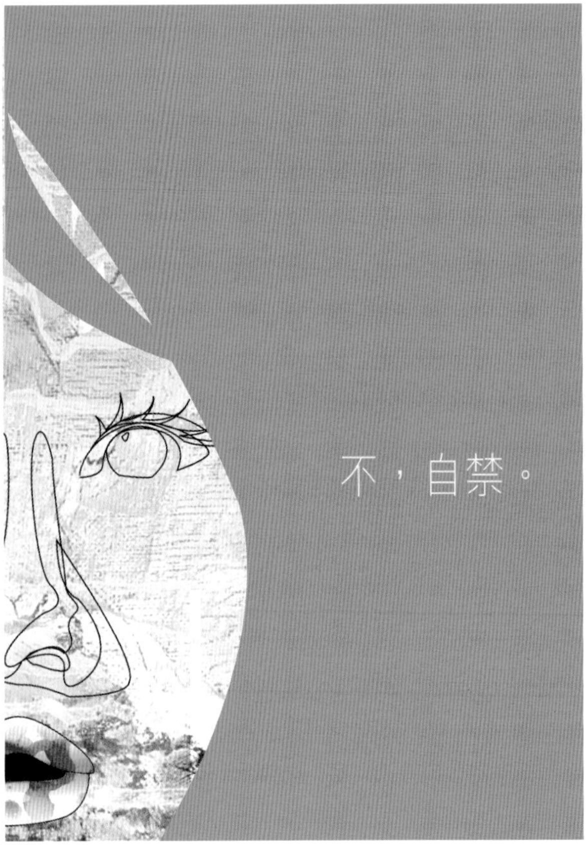
不，自禁。

[不，自禁]

存在於異想的腦袋中 存在身體中
色情文化一樣的夢幻矯情
徘徊在夏日午後的第二個藍色窗口

矯枉過正卻無所適從的 3 個季節
卻連客套的微笑都不知道該不該
這樣的令人稱羨而可憐
這樣的無謂堅持而不被發現
不迷信永恆

越界 不是為了要達到目的
只是這其中的秘密不讓人知道實在太可惜
什麼能說 什麼不能做 大家都在看著
但就算赤裸裸的把皮給扒了 你還是不知道我在想什麼
這大概是人類最自持的一項自由吧
無關道德
不必畫地自限
倒臥在英雄式的懷抱
安靜的快樂 瘋狂的枯萎 微笑的做出驚人之舉

屋簷下搖搖欲墜的水滴 忘記收回去的美工刀
情人熟睡的眼睫毛 電影院散場人潮中的隱約香氣
我們不 自禁。

[萌]

戰後的輝煌交雜雨水緩緩運轉流至小河
遺留了初萌芽的安靜
沉默卻用力的扭轉身邊的一點一滴

背對這世界 仰著頭呼吸
帶著一點狼狽 一點流浪者的不羈
還是深深的相信
只要得到某人微笑 一切都會變好

地上拾起
一具壞掉的連體嬰
滿月一樣晦澀絢麗
認真的欣賞關於某部分殘酷的幻想
牆上的照片掉了一張

剪開乾掉的顏料 用力的畫畫
更讓人分心的是許多情緒和回憶
混亂的不知道該說什麼就揮揮手吧

微醺的蝴蝶停止振翅 引起路過的貓注意

一種難以名狀的
本來應該相遇的
期待 被期待 甚至於澎湃
沒有那麼多
不應該

[噢！嬉樂遊行]

黑衣人排排站
緩慢移動有點滑稽的舞步
並搖頭擺腦的齊聲吟誦葉慈的詩集

斑駁掉的油漆牆是搖滾樂手
不知不覺側耳傾聽著更深處的微弱聲響
叮叮咚咚的像跳過荷葉的青蛙 濺起水花
濕了幽靜的臉頰

白色洋裝醉倒在角落 隨著呼吸的起伏 模糊
歪著頭看或許更美麗
我不當做那是枯萎了 或許她也正猜測著

一腳跨進 2 個小時一班的的迷霧
穿梭在迷宮的小巷中
紀念品早就銷售一空
瞳孔切換成陰天般的灰藍色 一眨一眨

清晨 5 點 20 的蟬發出第一聲驚嘆
劃過天空的是螢光色巨人尋找百年的紙飛機
愚人節的慶典盛大舉行
我們遊行 在百無禁忌的華麗

清晨5點20的蟬發出第一聲驚嘆
劃過空氣的是 螢光色巨人尋找百年的紙飛機
愚人節的慶典盛大舉行
我們遊行 在百無禁忌的華麗

[下午]

逐夢的，下午。
詩意的漫長在每個等待
玫瑰色的庭院逕自綻放，並不需要任何答案
以懷抱夢想的姿態，緩緩移動
而天很藍。

華麗的舊時光
任意發酵滿溢的過期情緒
人生啊……後面總是緊接著消極的字句
不能放得太大 也不能縮得太小
要活在當下 卻又不能短視近利
取取捨捨
隨意調節美麗回憶和遺憾的比例

我的航線不規則性的跳躍
手指所到的地方 都將出現以我為名的城堡
悄悄滲透到地圖每一角
沒有太多必備的行李
感受人事物若有似無的穿梭
紀錄下每天的陽光和空氣

像破掉的氣球一樣全心全意的毫無顧忌的
釋放出所有所有相關的熱情或多餘
尤其是晴空萬里的天氣 適合飛行
逐夢的 下午
詩意的漫長在每個等待
玫瑰色的庭院逕自綻放 並不需要任何答案
以懷抱夢想的姿態 緩緩移動
而天很藍

旅行，想念中

許育榮

這次創作的“旅行，想念中…”靈感是來自我旅行中的心情風景。在 2006 年參加了雲門舞集的流浪者計畫，讓我有機會可以實現一個長時間的旅行。第一次出國一個人旅行，許多複雜的心情和思緒總是不斷地無預警顯現。我用文字、圖片、素描本來紀錄下沿途的風景。期待可以捕捉到其中的千萬分之一，我就會開心了。又因為這次的比賽，讓我有機會將三種不同的媒才重新思考作一個結合。這才發現出來的作品那力量更是強大啊！

如果將文字、圖片、素描作品，三者分開來看。就我的創作而言，他們就像是一種很質樸的作品。同時還擁有“單品咖啡”的純粹。而在試著將三者作結合的過程中，總是會有不同的火花出現，也產生許多不同的風格。那感覺就像是“綜合咖啡豆”，有著豐富的層次感和風味。進而呈現出不同的美感，就像是一個人的旅行，總是會有不同的意外，在下一個轉角等候。

1975 年生，台北人。

屏東科技大學土木工程系畢。

2004 年福報文學獎圖畫組首獎，2005 年入選雲門流浪者計畫到上海流浪了兩個月，目前為全職的插畫工作者。努力地創作美好的圖文，習慣待在咖啡館創作，因此染上的每天都要兩杯咖啡的癮。

希望世界和平，每個人都可以在寧靜的午後感受到溫柔的陽光。

jet_shu0204@yahoo.com.tw

01｜旅行。想念中…

又回到上海了，去了一趟內地，以為自己會遺忘些什麼，可是才跨出機場，擁擠的空氣裡，屬於妳的記憶，就這麼狂肆地一一浮現，焦躁著我的思緒。於是，接下來，思念，又將排山倒海而來，傷心，正等著和我拉鋸。勇敢的去面對，是我唯一能做的。

夜裡，我又回到了那場景，並且精心地將周遭佈置成當晚的模樣。人行道成了一片綠油油的草原，那曾是我們夢裡想飛去的遠方，一樣的石階，一樣的啤酒，甚至身上還是一樣的穿著，只是，今天，雨不下了，石階上僅我獨坐，孤獨的啜著失去冰涼的啤酒。門前鎮守的一對威武的銅獅，卻因為看到了故鄉的草原，而放足飛奔著。我試著把它當作妳，對它說了些話，但它卻和那晚的妳一樣的沉默。沒多久，草原不見了，銅獅又蹲坐不起，沉默而威嚴地鎮守著。順手拈熄了浦東的霓虹，S，我們都喜歡現在的風景。看著城市恢復了原本的面貌，浦江的另一邊，漆黑一片，留下的航照燈，明滅地交替著。天氣好的時候，那燈，是長夜裡偶爾閃爍的微光，給了孤獨的旅人，些許的溫暖。直到今天，才發現，即使我如何的強求，妳永遠也不會回來了。遺留在那晚的回憶裡，將只有，清晰的雨聲，還有妳那默然的輪廓。

02｜廣場獨白

時間一分一秒的過著，都已經來到了四月，天氣卻依然還有著幾許的涼意。獨坐廣場的階梯上，我以雙眼掠取整座城市，但遠去的妳，卻從腦海裡浮現。說真的，我並不知道，這思念可以持續多久，只是在這樣的一個時刻，請容我輕輕地把妳給憶起吧！否則旅途中的孤獨，總會讓我驚慌的不知所措。

旅行中能去思念某人，或許是件很幸福，很幸福的事，那是在我的流浪裡，最最最珍惜的時刻。那時所落下的淚，如同是初冬的第一場雪，既溫柔且珍貴，只是那淚會落在我心裡，一個妳永遠都看不到的地方。

S，對不起，我的思念並無法扳動時間，讓它回到那幸福的午後。這城市正逐漸被黑夜蠶食，我該離開了。在黑夜走近之前，融入廣場裡的人群，稀釋身上過濃的思念，即使是假裝也好。

03 | 迷路了

城市就在不遠處，在太陽高掛之前，躲進了莫甘山路的倉庫裡。看著畫家們將自己的情緒、想說的話，恣意地宣洩在畫布上，我藉由一絲不慎洩漏的線索，小心翼翼的解讀、揣測，也將想妳的情緒，不斷地投射與置入。好不容易遇到吻合的作品，感覺像是好不容易找到了一個出口，我抱著它，躲到沒人的角落，不斷練習著，如何讓思念的情緒，藉著作品，緩慢地宣洩。只是，是否當我已不再對逝去的過往想念時，心就會停止了運行，世界卻還是一樣規律的躍動著。我仰望著他們的舞姿，靜靜的，看著他們時而輕啜彼此，時而相互依偎，我想，就像我和妳，短暫且美好。

城市仍在不遠處，在太陽隱沒之前，我還躲在這無人瞥見的角落，複習著，如何讓思念的情緒慢慢地揮發，但向晚的夕陽，卻把回憶拉得好長好長，漸漸地，我開始迷失了方向，開始擔心起回家的路，太遙遠。

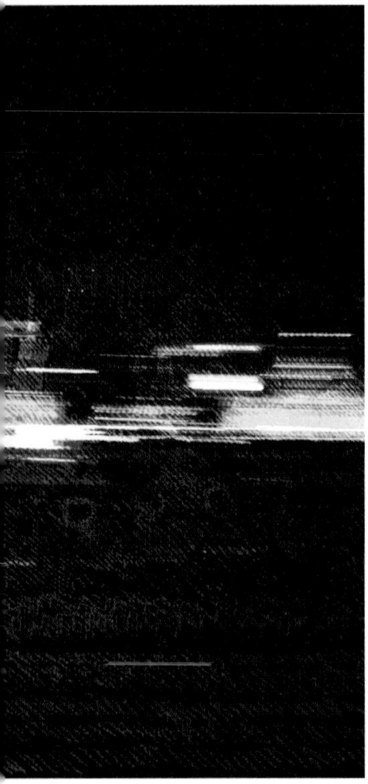

05｜道別的姿勢

太過頻繁的旅行，是否意味著我要努力地去適應，每次短暫的相遇。每次的擁抱，每次的揮手，每次的對看，都會是一種道別的姿勢。

04 ｜ 雨中的小丑

就要離開了，這城市才進入雨季，原本應該是擁擠的濱江公園，此時卻被大雨凌亂地佔著，人們都被趕進了咖啡館裡。我擠出了不再寧靜的咖啡館，朝岸邊走去，向大雨借了個位置，因為我想在離開之前，再留戀一次眼前的風景。雨勢漸大，岸邊只剩下我一人，撐著 10 元人民幣的折疊式雨傘，看著外灘更顯璀璨的燈火，不知為何，心裡竟然會感覺到些許的幸福。

城市的天際線，有著漸層式的變化，眼前所構成的畫面，輕易地讓旅者不停地往回憶裡溯去。江面上來往航行的船隻，如同一艘艘盡職的領航者，緊跟著它，回憶就同視線一樣，消失成一個沉默黑點，隱沒在心的深處，珍藏。

眼前的風景好美，S，如果現在妳就在我身邊，是否妳也會和我一樣，不自主的湧起一股微酸幸福，感染了落淚的情緒。被淚水濡濕的眼眶，模糊了這美麗的風景，但心裡深藏的卻反而變得清晰了。S，我突然覺得，這樣下著滂沱大雨的夜晚。像極了一齣轟轟烈烈的戲，落幕了，空盪盪的舞台上，我們面對的是人潮漸去的觀眾席，還是……自己。

看來，這雨是不會停了。最後一班渡輪就要開了，我慢慢地走向騷動的浦江，心裡卻猶豫著，是否該撐著手上這把形將肢解的傘，繼續撐著，那畫面，應該很好笑吧。我決定將雨傘收起握在手上，如此一來，在人們眼中，我只是個忘記帶傘的旅人，而不至於成為撐著破傘的小丑，在雨中大步的前進。

回溯

陳如意

以手繪跟電腦的結合，創造出回溯過往的感動。人生有很多個出口，當迷惘的時候，總是會懷念過去曾經的一切，如果能重新來過該多好的念頭，不斷的浮現在人生中。所以，以一個女孩迷失的坐在街頭，看著車子的流動，在回想過去，外婆的擁抱，高中時的課桌椅，歡樂的遊樂園，以及心愛的小貓。

將過去跟現在做結合等於手繪跟電腦的結合，創作出更多更美好的夢。

1981 年生。

竹山高中美工科、崑山科技大學視傳設計系畢。

熱愛畫畫。

jue1127@yahoo.com.tw

數位時代的來臨，帶動新新生活的誕生，而呈現更多驚奇的事與物，年復一年，日復一日，歲月一步步的走向歷史，沒有任何停靠站，只能以科技補捉。人生，記憶，歲月穿梭，時光流逝，有些東西好怕抓不住，記不牢。就是因為這樣，人類不能忍受這種失去的孤獨，發明了相機、電腦……跟一些數位科技的東西，目的就是在於將那一刻永久保存下來，讓生活更方便，就算沒有小叮噹的時光機可以回到過去，也可以拿起往日的照片來回味笑容跟快樂，填補心靈上的空虛。

很久以前發明了顏料跟畫筆，所以以前的畫家把當時的景象畫下來，現在有了相機，只要食指按一下，那景象就能永遠保存在硬碟裡。以前要去相片館將相片洗出來，洗不好還不能退貨，現在只要傳進電腦裡，照不好還可以修改，可以到分享空間給大家一起分享。看著以前的照片，其實就像坐著時光機飛回當時，那也是一種感動吧！

從小就學習畫畫的我，常常畫一些插畫或是風景畫，自從我開始學會用電腦繪圖跟影像處理以後，幾乎很少碰到畫筆了，因為電腦繪圖根本不怕畫錯，只要將錯誤的地方做修正就好了，因此讓我瘋狂至迷。但是當我再碰觸畫筆的時候，所有思路就像泉源一樣，湧進我大腦裡，一發不可收拾。這種矛盾的感受，於是我將畫筆跟電腦做結合了。

這可想而知的結果就是驚為天人，不得讓我掉下一顆眼淚，這顆眼淚的名字叫感動，內心的振盪久久無法停止。除了孟克的〈吶喊〉能形容之外，好像沒別的方式了吧！我想很多人都是這麼做的，所以應該都能了解我的感受阿！

現在的動畫也常用電腦動畫做修正，慢動作，或是一些飛來飛去的鏡頭，因為數位而讓電影更真實，看電影的人更享受。

把現實跟非現實融合在一起，這就是現今數位的好處。人生就像走迷宮一般，走對走錯只能慶幸或是感嘆，不能重來。失去的一切都不再回到身邊，曾經擁有過的人事物也隨著時間而消逝就像黃土粉碎，不能像達利那張時間靜止而靜止，唯一可以做的就是，讓回憶保存下來。也許時間可以淡忘，也許記憶可以遺失，但是當哪一天哪一個時間，坐下來，不論是打開電腦，或是翻開相簿，一切失去的感覺又會再度襲捲而來。一幕幕的映在眼簾，我想電腦無法取代的，只有那存在心裡的一份感覺，但是電腦卻又是可以連結儲存回憶的一支鑰匙，這或許是矛盾的但也是不可否認的，我們的生活無法沒有電腦，無法沒有數位，電腦數位已經是在我們生活中無可或缺的事物了！它讓我們方可與公里外的人風雨無阻的傳遞訊息，讓我們有更多采多姿的動畫電影，讓我們可以把回憶更紮實地存起來，讓我們與回憶做了最適當的溝通！就因為這樣，在這個外表冷酷的城鎮底下的我們，因為msn，因為即時通，因為手機，因為電腦，讓無止盡的冷默被熱情打散而活躍起來，就像電流一樣，開始燃燒，開始起跑，開始奔向愛！讓線路貫穿全世界，連接彼此珍惜相愛的心，無遠弗屆，讓熱情衝向天空打破一切沉默。

將那些似乎已經遺失的記憶再度喚起……外婆的擁抱，高中時的桌椅，快樂的遊樂園，心愛的小貓。

數位不是冷漠的代表，數位是能讓人與人更貼近的工具，讓生活更充實美麗，讓世界充滿更多的笑容，充滿更多的喜悅跟驚奇，充滿更多的愛。生活與感動更是密不可分，在感動中學會珍惜，在生活中懂得進步，加上數位生活，讓人生更完美快樂。

在蘭嶼的生活

陳筱玟

我是一個擁有二分之一血統的達悟族女生，從小在都市長大，卻最期待每年回去蘭嶼外婆家過暑假生活的夏天。我很喜歡那邊與都市緊湊複雜截然不同的生活，所以想要藉由這次比賽，透過圖片呈現不同年紀在島上的生活重心，讓人們認識台灣最神祕的原住民離島上其居民的生活態度。

達悟族名字是希・順布，二十二歲。

在台中長大，分別於彰化和高雄完成五專和二技學歷。

體內流有熱愛土地與海洋的血液。

ckit8857054@yahoo.com.tw

在臺灣的腳踝旁邊、
綠島的左邊肩膀方向看過去
就會看見我從小到大最喜歡、最寶貝的島嶼
在飛機上遠看像顆綠色的寶石，躺在大海與陽光合織成的水藍色千鳥格布上
靈巧的風，輕輕吹起了白色的布紋
飛舞

近看山很高，海水的顏色常常是深藍色
越靠近岸邊它的顏色會越是興奮而顯得活潑多層次
山還是一樣的綠
好多棵在我出生前就站立在島上的大樹
現在依舊站著
蟬也是，鳥也是
如同以往的歌唱與喧嘩
又一個很熱、很曬、海風很涼爽的夏天

每次我與老媽在看得見海的涼亭上
放下行李後
就會看見外婆踄著陪她上山耕種地瓜芋頭田好幾年載如一日的雙腳
緩緩地
從不遠處的山坡上走下來
她的擁抱一定都是熱情且纏裹著濃厚思念
從山上田裡那的剛翻的新鮮泥土
還殘留在外婆戴著美麗手編腳環的腳趾上
瞇著因開心而紅起的眼眶
外婆跟我一起唱起
她唯一教過我的一首母語歌
「咿噎……咿呀……」

喝著我們買來的保力達加麥香紅茶與盧筍汁
外公臉上有酒醉跌倒的傷口，結著痂
原本愛喝酒也愛跟外婆鬥嘴的他，最近幾年倒是常陪外婆去山上農作
從孩提到已經是兩個孩子的老媽
還是時常被她父親那靜靜喝著酒的扁嘴所製造出來的笑話
逗得很開心
老媽跟我說不要看外公外婆年紀很大
他們年輕的時候可是村子裡最會抓螃蟹與八腳魚的專家
所以他們的綽號就叫作螃蟹與八腳魚
“Galali&Dalijiban”
每次聽到這個稱號的外婆與外公
總是互相笑著、彎著腰害羞著

外婆說:" 在蘭嶼的生活 是信仰與田裡的勞務 "

外公說: "在蘭嶼的生活 是酒精與夢想豐收的漁獲"

暫時告別沉溺在午後夢鄉的大家
我騎著小車再次沿途挖掘每次來見都不一樣的島上風光
這次多了許多觀光客 多了更多摩托車 多了大型遊覽車
多了輕颱來臨前的強勁海風與軍艦跟雙獅岩邊的大浪
山依舊綠 依舊雄偉的懾震人心
唯一改變的只有陽光在山陵草坡上又刻印了不同的圖騰

微笑著 我的臉 有海風剛吹過的舒坦

在漁人往機場的海灣邊冒出來的涼亭飲料BAR裡
邊畫著圖 拍著照
大海被藍綠白給深淺交割著，很魔幻
拿著黑白色鉛筆尖兒下的白紙
懊惱困惑著不知如何下手
一片空白
常常在島上的腦海裡
也是一片空白
此時接到表弟妹的電話 說：
「走吧！已經下午五點半了，我們去游泳吧！」
被咬得歪七扭八的紅茶吸管，在杯緣邊旋轉吵著要跟

這是我們的生活 這裡是蘭嶼
海洋裡的人之島
超越現實框架的邊界
認真忠於自我的人之精神

去蘭嶼中的過程 是等待與期待 還有一點刺激與緊張

在都市裡念書的孫子說:"在蘭嶼的生活是
想辦法消暑與悠閒 還有午後的打盹"

大夥聚集在島上欣賞日落最棒的椰油村
七嘴八舌邊走到港口旁的小小白砂灣內
「噗通！」後又接了好幾個「噗通！」
蛙式後接著狗爬
在粉紫的天際線下
大家奮力挺著被曬紅的臉蛋
與張潮線上那半棵橘紅夕陽一起大笑著
緊接而上是越來越暗藍的夜空與星光
我們濕漉漉地在月光下的環島公路上留下快活的足跡
五歲小表弟的一聲好大力的「啊啾」中
我們笑嘻嘻的又結束了一天

外婆說：「在蘭嶼的生活是
信仰與田裡的勞務。」
外公說：「在蘭嶼的生活是
酒精與夢想豐收的漁獲。」
住在都市裡的孫子說：「在蘭嶼的生活是
想辦法消暑與悠閒，還有午後的打盹。」
去蘭嶼中的過程 是等待與期待 還有一點刺激跟緊張

這是我們的生活，這裡是蘭嶼
海洋裡的人之島
超越現實框架的邊界
認真忠於自我的人之精神

小蝸＠歷險記

曾富祺

小蝸，超級戀家而居家的生物，狀似@，喜歡攀爬盤根錯結的蕃薯藤，也喜歡瀏覽雅虎炫麗的紋路，熱愛土地，熱愛生命，乃至一花一草一木……

嚴格說來，他沒有國籍，或者說他屬於任何一吋土地，哪怕是虛擬實境，我們都可以發現他的足跡。

他常自問：「我是誰？我從何處來？我往何處去？」

喔，對了，也許小蝸我們並不陌生，他正住在我們的耳蝸裡。

筆名吟風之羽，高雄人。

高雄工專化工科畢，學過篆刻、廣告設計、室內設計，做過操作員、盆景出租、廣告公司外務……年過三十，以嗑詩為樂。

曾獲吳濁流文藝獎、耕莘文學獎、彭邦楨詩獎、台電文學獎、海洋文學獎等。

artch98@yahoo.com.tw

1.

時光乃古往今來最無為也最有為的魔

有一天，他偷偷告訴小蝸：「再怎麼
築，終有一日也會變成廢墟。」

正因如此，小蝸決定背負一座單純
在悄悄廢墟化的繁華中流浪。緩緩
一座被藤蔓擄獲的廢墟中緩緩攀爬
藤蔓彷彿一條隱喻的線索，傻呼呼
地，突然感覺自己抓住了文明的尾巴

。

的建

房，
過從
延的
呀爬

2.

後來，小蝸經過一面蒼白的牆，牆面湧出一道涓涓的流水，小蝸又飢又渴又好奇，旋即爬了上去，爬呀爬地，發覺這流水酸中帶苦，納悶中抬頭一看，一對失去聯繫的戀人，正攀附在時光中，飲著淚水，剝食鏽紅的回憶……

3.

瞬間，鏽紅的回憶如流星般爭相隕落，襲擊那脆弱的心房，小蝸避無可避，乃閉目凝神，將龜裂的情緒拋向太虛……

頓時，小蝸身輕如燕、如梭，且以不可思議的速度掠過回憶，掠過眼前，掠過時空的深淵。

4.

隨即，一切靜止，如一幅永恆定格的時空。

就在如夢如幻的星雲之中，

小蝸睜開心眼，恰與一朵金色的蓮花，
燦然相逢

恍忽中，彷彿有人誦念：「雖有而常空，雖空而宛然有……」

5.

不料，既驚且喜的小蝸還是起了貪念，乃睜開雙眼，想摘下那朵金蓮……

剎時，蓮華消失，小蝸墜入千里迷霧，耳邊陸續傳來衛星竊竊私語聲、噴射機的吼叫聲、工廠煙囪的嘆息聲、車水馬龍的吵架聲……。終於跌回，藍天綠地懷抱著的一顆急需呵護的石頭。

此刻，小蝸已然更了解「凡走過的必留下痕跡」的意義，於是他不再言語，不再空喊愛，只在他熱愛的土地上，留下情溢乎辭的刪節號 ……………………………………

……………………………………

……………………………………@

後記：

小蝸，超級戀家而居家的生物，狀似@，喜歡攀爬盤根錯結的蕃薯藤，也喜歡瀏覽雅虎炫麗的紋路，熱愛土地，熱愛生命，乃至一花一草一木……

嚴格說來，他沒有國籍，或者說他屬於任何一吋土地，哪怕是虛擬實境，我們都可以發現他的足跡。

他常自問：「我是誰？我從何處來？我往何處去？」

喔，對了，也許小蝸我們並不陌生，他正住在我們的耳蝸裡。

那一扇門開啟了

楊維晟

台灣是個充滿自然資源與移民背景的小島，在小小的土地上匯聚豐富自然動植物資源，而自唐山過海的移民也以建築古蹟留下過往歷史，我以台灣古蹟中的門，象徵推開門，可以窺視台灣最豐富的自然動植物資源，象徵這是一個融合自然與人文背景的美麗寶島。

所以每張照片都以門與動植物元素加總於一起，強調彼此之間和諧，再以影相處理將照片做出粗曠質感，增加古樸的風味。

曾參與公共電視自然生態節目製作、擔任《小牛頓》雜誌攝影，目前為自由攝影與文字工作者，以及荒野保護協會與自然生態攝影學會攝影講師。

攝影創作以自然生態與建築古蹟為主，希望透過影像紀錄與創作留下珍貴紀錄。

ws.yang64@msa.hinet.net
http://www.flickr.com/photos/lionyang/
http://weishenyang.myweb.hinet.net/

我的心裡，一直存在著兩種感動。

呼吸著稀薄的空氣，踩在鑲嵌著白色石英礦脈的大小砂岩，身邊的玉山小蘗刺的我頻頻喊痛，海拔超越三千公尺的高度，讓地圖上只有一顆蕃薯般大小的台灣，突出的背脊在天際線的挑戰上，多了一份自信，有了玉山圓柏簇擁玉山高傲的山頂，其他針葉樹，闊葉樹，各類植物的出現都不會是偶然了。

薰香繚繞下，我換下我的登山鞋，時空更換了，我改以閒散的腳步跨過五吋的門檻，神情威嚴的門神緊緊著盯著我看，百年來他們不曾懈怠，從唐山來的師父將門神的生命以畫筆賦予在木製門板上，他們或以將軍，或以文官，或以婢女姿態被形塑於此，守衛或服侍著廳堂內人們尊敬信仰的神明。

我既是個森林獵者，也是城鎮浪人。

在綠色森林中，我是個獵頭者，我以焦距六十厘米的相機鏡頭，獵取每樣動植物的頭像，因為我有種焦慮感，深怕今天沒用相機記錄下來，明天牠們就將不存在。就如某年某月，我在森林下發現潔白的白鶴蘭，它宛如身著白色婚紗的小新娘，但它的美麗，總是會被它們短暫的花期給終結，所以我焦慮。

獵物之二，也許是從赤道飛來的家燕，牠們選擇在屋簷下築巢，孵出的幼雛，張大著鮮黃色的小嘴，催促著家燕爸媽趕快回來哺餵飢腸轆轆的肚子，家燕們只待一個夏天，等到雛鳥羽翼豐滿，牠們將啟程回到南方，我願牠們旅途一切平安。

獵物之三之四之五，也許是翠綠可愛的翡翠樹蛙，也許是長相怪異的長吻白蠟蟲，也許是……，但讓我這獵頭者最感動的，還是可以遇見生命的喜悅。

黑點捲葉象鼻蟲把握住春天的嫩葉，執著的用六隻小腳費力的將葉片捲成雪茄狀，牠將一顆卵產在雪茄狀的植物搖籃內，這就是幼蟲的家，也是幼蟲的食物，媽媽已經為牠們準備好一切了。

山

盛夏夜晚，我則是遇到從土裡掙扎出來的螻蛄，牠們身上沾滿泥土，蟄伏了好幾年，為的就是等著今晚爬到樹幹上，掙扎脱開穿著已久的舊衣，蜕變成為終日鳴唱的歌手，有了這些蟬鳴，夏天才算是來臨。

我將這一切獵取了下來，我貪婪，但是我貪的是牠們的影像，零與壹，為我紀錄了我所見，讓我可以貪牠們的美，與牠們最令人感動的一面。

換下戶外裝備，我又搖身成為城鎮浪人，我喜歡不受拘束的在小巷穿梭遊走，今天拜訪的是鹿港龍山寺，明天也許就到了台中筱雲山莊，或是誤打誤撞，遇見一棟不知名的古宅，這就是我的作風。

雕工精細的藻井、雀替、水車堵，粗曠的剪黏與精緻的交趾陶，對我來説有著莫名的吸引力，看著這些構件，我就像是在野外碰見孔雀青蛺蝶般的興奮，我很幸運，我喜歡美的東西，而我在台灣就可以輕易的找尋到。

我仍然貪，我貪婪的將現場的光影都收錄進我的記憶卡，我用直覺構圖，我用食指按下快門，剩下的交給零與壹來處理，它們能為我紀錄這一切精雕細琢，忠實呈現歲月的痕跡。

我的感動，就存在於台灣最原始的森林中，以及大家每天穿梭的大小巷弄間。一個是用生物物種撐起了自然綠史，一個是以古蹟宅第紀錄了人文歷史變遷。

在人們還沒有唐山過海前，台灣就已經是許多動植物的家，牠們的祖先們世世代代生長在這，牠們是最初台灣的原住民。但寬容的台灣大地，用不甚大的土地面積，不斷的包容著新移民進來的族群，不論是南島民族或是中原漢人，甚至來自南洋的新移民，沒有新舊之分，大家都是這大熔爐的一份子。

我的電腦內，已貪婪的吃進數萬張 JPEG 影像，我不斷貪婪的獵取自然與古蹟影像，因為台灣寵壞了我。

眾生魔相

劉正修

筆者創作的基本理念，主要是將人性的心理與社會的現象相結合，藉由超現實風格的形式來創作一系列既幻化且又能暗喻人性的視覺影像。

正所謂：「相由心生」，隨著魔念的增生，人所潛藏於心的魔相正不斷的畸變幻化，所以如何在芸芸眾生中找到足以象徵現代人魔念之魔相，就成了本創作所要去探究的主要目的。

1968 年生於高雄縣美濃鎮。

1994 以油畫組第二名畢業於市立師院。入選高雄縣美展水彩及油畫類。

1995 參加高雄縣田園藝廊聯展。入選第十四屆全國美展。

1997 於永和市北莊畫廊舉辦第一次個展。入 1997 年中華民國美術家名鑑。台北市南港區環保親子寫生比賽青年組第一名。

1998 入選第 45 屆中部美展油畫類。

1999 全國教師暨學生美術比賽油畫類優選。國父紀念館多次聯展。

2000 台北市政府勞工教育中心第二次個展。千禧龍年藝術市集展於時報廣場。聯展於高雄市客家文物館。

2006 國立台灣藝術大學造形藝術研究所畢。台灣國際視覺藝術中心 TIVAC 第三次個展。

t2107006@ms2.kntech.com.tw
http://home.kimo.com.tw/jen_shiou/

死城

此作旨在表達人性在面對誘惑時的脆弱，人生中有許多的誘惑，而誘惑或許可能是一種成長的體驗，但更多的時候卻是讓人身敗名裂的陷阱，舉凡青少年為毒和錢而走向偷、搶、援交…等歧路時，莫一不是讓自我的靈魂一步步走向死城的邊緣。畫前如妖獸般的女人，正搔首弄姿地展露其充滿性暗示的肉體，揮手的妖獸們也兀自眺望著觀者，似乎想勾引觀者進入這充滿死亡象徵的骷髏之地，也因此使得畫面與觀者產生了互動。另外筆者也暗示了一種關於善與惡的辨証，要反思的是，當人類在進化的過程中，不僅造成了環境的破壞和其他物種的滅絕，只是人類一直慣於用本位角度去看待週遭萬物，如今筆者創作出如神話般的妖獸，來扮演更高的位階，有如獵人般誘捕人類的靈魂，讓觀者感受身為獵物或被宰制者的無奈！希望讓這種角色的互換而達到一種內化的省思。

情獸

此影像的創作動機來自於筆者對性衝動的想像，襲人的衝動性能量就仿若被蛇引誘而衝動吃下禁忌之果的夏娃一樣。因有感於現今社會男女關係的複雜和單身不婚人口的增加，已使得兩性關係慢慢的走向了複雜和封閉的兩極化，在複雜的縱慾界限裡，象徵兩性感情的質素已慢慢地被弱化，崩解如石膏像一樣。在月光朦朧海風輕拂窗紗的暗夜裡，男女情慾正如高漲的獸性，如獸般潛藏的慾望正大肆地蠢動與幻化，彰顯了慾望能量的來臨，那象徵慾望的蛇正瘋狂的通過情獸的身體，如陽具般的侵入女體裡，蟄伏等待著如夏娃般的獵物。所以在這關於社會飲食男女的情慾交戰圖中，也是希望能引發觀者更深一層的去反思和面對自己的私密情結。

肉身菩薩

神造了人還是人造了神？在這問題的辯證裡，筆者嘗試著藉此作品去探究人性與宗教的關聯性，也順勢探討人心的黑暗面與暗喻世人造神的荒謬行為。慾望常隨著人性的貪婪而進化，進化的慾望甚至會偽裝並以神化的模樣來進行墮落之實，筆者利用人體堆砌出菩薩坐蓮的法相，但每隻慾望之手卻張狂的揮舞著，如海葵般的觸角不斷地補食人世間的惡與罪，菩薩已非普渡眾生的莊嚴慈相而成了人性慾望所操弄的偶像。而雌雄同體的菩薩軀體，則暗喻了所有罪、慾的源頭，透過罪媒的蛇身，則將所有罪慾連結到象徵物慾本我與道德良知超我的部分。

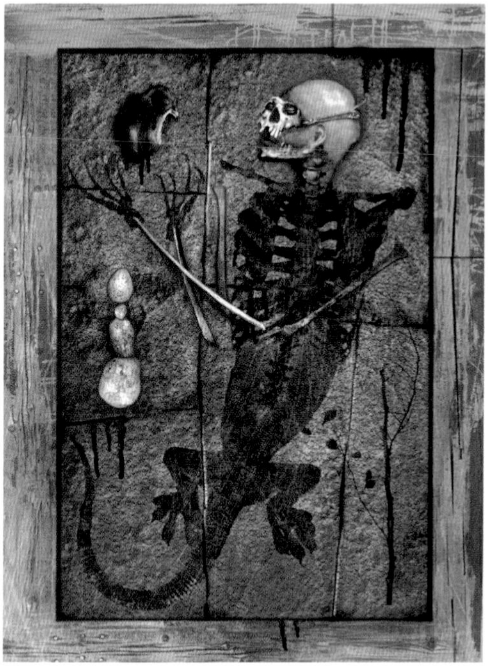

葬

筆者於畫面中安置了許多關於死亡的暗喻，首先在是人非人的化石骨骸中，以骷髏面具來象徵心理學大師榮格所說，將真我隱藏的人格面具，所以在人所構築的歷史軌跡裡，真相是否真實？真實是否就是真相？值得思辯的是，面具所隱藏下的真實或真相，或許就像畫面中的化石般難堪，既非人也非爬蟲，就像人性中擺脫不了的醜陋獸性。筆者除了要揭示這份人性底層的醜陋與不堪之外，更希望觀者在面對人性與歷史的交互作用時，要懂得去珍視自己在世時的價值與意念。

錯置的靈魂

筆者想藉由本作品來表達一種對性別矛盾的不滿，就如同先天的陰陽人或俗稱的娘娘腔、男人婆一樣，雖然上天所給定的身體與心靈是如此的與社會認知矛盾，但不容否認的是其個體本身所具有的完整性，而真正造成其扭曲和不解的卻是不認同的社會集體意識。而用祭祀般的儀式來擺放水果也是暗喻了兩性問題的衝突，在男性的軀殼裡刻意地安置了女性的靈魂，讓天生的矛盾和後天的衝突聚集於一身，將被社會壓抑排擠後的扭曲心靈，表現在張狂的魔相上，藉由可怖的魔樣對社會提出最強烈的控訴，並適時給予心靈的解放。

潮來了

戴玉珍

童年時，第一次到海邊。遠遠的，看見藍黝黝的海從天幕上垂下來，浪潮的聲音像夏日的雷那樣震撼。小村、廟宇和防風林在海的跟前顯得很藐小。

都市的觸角越伸向海，潮聲越低沉，壓抑在消波塊裡，侷限在港堤之間。要聽海，只好挨近海，坐在海堤上，用過度刺激長滿厚繭的耳膜尋找潮音。

潮音在變，退去的潮水返來的時候，尋不到舊時的路。在人工礁石間衝撞，在潟湖裡徘徊。掏去上一季的屯積，構築新的擱淺，和人為的改變競速。潮聲雜亂了，失去單純和原始，混雜了重金屬和合成的輕音。

聽海，要蘊釀另一種心情。

美國南伊利諾州立大學碩士，曾任竹北高中教師。退休後從事文藝創作（短篇小說、散文）。

曾獲教育部文藝創作獎、宗教文學獎、竹塹文學獎、吳濁流文藝獎、桃園文學獎、夢花文學獎等。

一：失去馬鞍藤之後

「從前這裡長著馬鞍藤。」仙人掌迎著海風，用力展開金黃泛翠的花苞。「靠近海浪的那邊有濱刺麥戍守。」

「為甚麼現在都不見了？」白花咸豐草輕輕的搖。

「河口對岸護養的紅樹林面積越來越大，浪潮湧過來，將這邊的沙岸沖蝕得快要變成潟湖了。」

「堤上的白花狗尾草在這裡很久了嗎？」

「不久。園丁種樹時，和泥土一起移居過來的。」

「我算是新來乍到的了。」白花咸豐草說。

「是呀，上個月防風林裡清出一些棄土，倒在堤防上。你是伴著棄土來的。」

風有時向海面吹，咸豐草望著遠去的浪，看飛鳥追逐天邊的雲；風有時向著岸上吹，咸豐草背著夕陽摩娑散步人的衣角。兩隻蜥蜴在草叢裡各據一端，大的一隻銀棕色的下頦和胸腹正用力吞嚥，青紫色的尾巴霞光閃閃；較小的一隻彎轉身子慢慢離去，已經失去尾巴的末椎上還有殘餘青影。

大白鷺靜止，鵠守臨晚前的最後一餚。夕陽拖著尾燄漸行漸遠，海風交班。冷盤裡只剩沙丸。

瓊崖海棠輕擺著葉，為海風擊節。綠扇子招搖夕陽留下的溫存。白鷺拍翅來奪，降落，撞上一壁灰冷。

是碉堡？不像碉堡，碉堡灰樸樸，石厚牆低，藏在灌木叢裡。有梯登頂，是瞭望高台？不似瞭望台，門懷裡明鏡照人，肚腹裡轉折藏幽，小窗可以遠窺，足下是觀瀑聽雨的方便處。是昔日海防番守的寂寞碉堡；今日觀潮的高台；又分身為遊人的方便梳洗間。

白鷺跌跌撞撞，偏斜著翼飛向沙灘，追向夕陽的背影。

四：聽風

像大白鷺伸長脖子，高高的，在王爺的廟冠之上。

借來順風耳，紮成三葉螺旋。怪雲跑得不夠快，強勁的訊息還在重雲疊浪之外。

漁筏臥在勻柔的浪裡，巡了蚵田回來，還在午寐。要與夕陽換班，前去佈網，過境的魚群簽入，都交與燈塔看守。待明日潮低日高再去按內。風不要來，小小螺旋扳不動狂濤；輕輕膠筏經不起浪拋。

王爺依然坐鎮，黑面金冠濃縮了海的訊息，風浪難析難解。

「看風車吧，王爺新引進的天候雷達。」廟祝說。

五：線

海與天，在人們有限的視野裡邂逅成一線。船從那條線下降，托著沉重的網；雲從那條線上升，乘著遠來的風。

天空是一面鏡，照見海的陰晴。浩浩洋流，穿過海峽的蠻腰，風浪可曾激速；漁潮有沒有在波峰上接續；船有沒有在浪頭前載穩。看天臆度吧，雲是信差。

沒有貝殼和礁石，海收回去了。魚兒遷居，住在消坡塊堆疊的水泥叢林裡，牡蠣串養在潟湖中，海鳥深居簡出。人們只好痴戀那一條不存在的線，借來放在心裡，假裝風平浪靜。將紛亂錯結的心絃，寄海風梳櫛，託海潮漂洗，掛晒熨平再來替換。

二：木麻黃的滿潮

初一還是十五，說是月亮勾起的情仇。不管是圓滿皎潔，還是隱晦沉潛，都那麼激湧澎湃。狂濤奔馬襲捲而來，海岸退卻，漂砂移防。

木麻黃依然守在漁筏泊淺的灘頭。潮去了，沙洲白鳥慢步輕食；潮來了，白翼收在青紗葉裡，聽它絮念相思。

不提防髮葉凋零，身姿枯黯。春風吹不應，雷霆喚不醒。是一場北風戰役的紀念碑，劍戟指處，信魚狂飆，漁人搏浪。是哪一個浪頭遮去了船影？哪一陣漁潮吞沒了歸航？木麻黃停指在驚駭的剎那，目光失焦在波濤之間。

碑前，白花咸豐草為它獻祭。

三：迷彩

潮汐退遠了，粼光淺懶，波動由風。沙洲上一隻招潮蟹，舉起豔麗的螯正要吞噬夕陽。一朵白雲飄近，落下，滑翔翼收起，瘦長起落架站定。踱步子，尖長喙一伸一收，就來爭食那一輪赤紅。

紅日變成一輪驚悚，招潮蟹縮螯。螺圈腿快速輪動，奔過搓滿小砂球的灘地，躲入千百個看起來都一樣的小孔中的一個去了。

存在的真實

謝佳穎

期望在這快速卻不真實的年代，紀錄些許存在的感動。

就讀於台師大設計研究所的 7 年級生。
喜歡創作，樂於設計，
對於數位生活的一切，還在持續發覺樂趣中。

sh_rain71@hotmail.com
http://www.wretch.cc/blog/rainxie

ETTERS

「數位生活」，是對這個年代最貼切的形容詞，我們現在生活的很數位、也數位得很生活；因此人跟人之間的溝通，開始從 0 和 1 的基礎上發展。我們可以由 MSN 的暱稱中，發覺週遭朋友的生活近況，誰家的小狗生病了、誰換了新工作、交了新女友，連支持的黨派、球隊全都可從中得知，偶爾小綠人或小紅人旁會有一朵朵閃爍的小花，摘下它，會知道更多的資訊，照片、部落格、留言版等，就像得到指令，便可進入下一個關卡獲得寶物般的有趣，所以即使不見的日子有兩隻手都數不完的年份，還是可以同樣熟悉彼此的生活。

但這樣科技的數位年代，卻也逐漸把我們推向「快速卻不真實」的階段，我們熟悉彼此，卻不再記得對方的聲音；看見對方，卻只記得由視訊畫面中，斷斷續續永遠停格慢拍的模糊影像，甚至遺忘了還有「擁抱」這個詞。無限的資源、豐富的選擇、多元化的管道，在這樣的平台下，我們竟漸漸失去最初的「感動」。

然而每個時代，都有不同方式的生活，在這數位化年代裡，我們用前人所想不到的方式在過日子；紀錄生活中的喜、怒、哀、樂，我們不再拿筆、磨墨，也不再知道一捲底片可以照多少張相片，我們用屬於這世代的方式，為生活留下數位的紀錄，BBS、部落格、分享空間，在一個未知的虛擬空間裡，卻可以向全世界的人發揚自己的生活哲學、宣告自己的美麗。但就像張愛玲所說的「有一天我們的文明，不論是昇華還是浮華，都要成為過去。」我們擁有比過去大上必須以次方計算的資源，所以我們更需要在這莫測的未來裡，清楚自己的定位、了解自己的需求，不要被這股數位科技的洪流淹沒了，只知往前衝，拼了命的搶奪時代尖端的一切，卻遺忘了一開始的為什麼，別讓文明在昏頭混腦中溜走，即使要過去，也要留下精采且賺人熱淚的一章。

當然我也使用科技，也享受科技所帶來的便利，但我卻近乎執著的偏好老舊事物，斑駁磚牆、破舊鐵窗、腐化的門面等，我喜歡利用數位相機拍下我最愛的一切，當「新、舊」結合的火花，常讓我感動莫名；因為雖我無法親臨柱子上與釘子相遇的瞬間，或是睹見紗窗被衝擊犧牲的一刻，但一張張的 JPG，使它們的生命從我的快門下重新出發，拜數位科技所賜，我能在百分之一秒的瞬間捕捉到，同時從 LCD 的小窗中，見我喜愛的老舊事物在新科技的引領下，紀錄他們的存在。

而除了老舊的事物外，像現在 3D 影像的盛行，我卻又叛逆反其道的偏好手繪的圖像，因為我一直覺得數位的產物，不容易傳達，我形容為「溫度」的東西，我經常跟朋友說「這張作品很厲害，但是我感覺不到它的溫度，所以…我不喜歡」，朋友大多都用似懂非懂的表情望著我，再點點頭、晃晃腦的思考「溫度」一詞；然而老舊磚牆、手繪筆觸的喜愛，都只求能在這不真實的空間中，創造一些「存在的感動」，並在這樣快速的年代中，放慢腳步，享受科技的路上，種植自己喜歡花朵的樂趣，發現天使經過的足跡。

其實我只是想在享受科技的同時，又期望獲得一點溫暖；就像我熟悉我的朋友們，但最希望的，還是給他們一個深深的、深深的擁抱。

羅喬偉

「時間的深淵，我們除了靠一些同等徒勞的比較外無法表達其方向，而既然我們只能向空間世界借來這些比較，這些比較…既然我們已將其導向高度、長度或深度…唯一的好處是讓我們感覺到這個無法構想、而能感受到的維度的存在。」——普魯斯特

1981 年生，台北人。

曾獲台北詩歌節評審獎、台北文學獎。作品散見《聯合文學》、《印刻文學生活誌》等刊物，現為《文化快遞》月刊主編及《兩人出品》雜誌發行人。

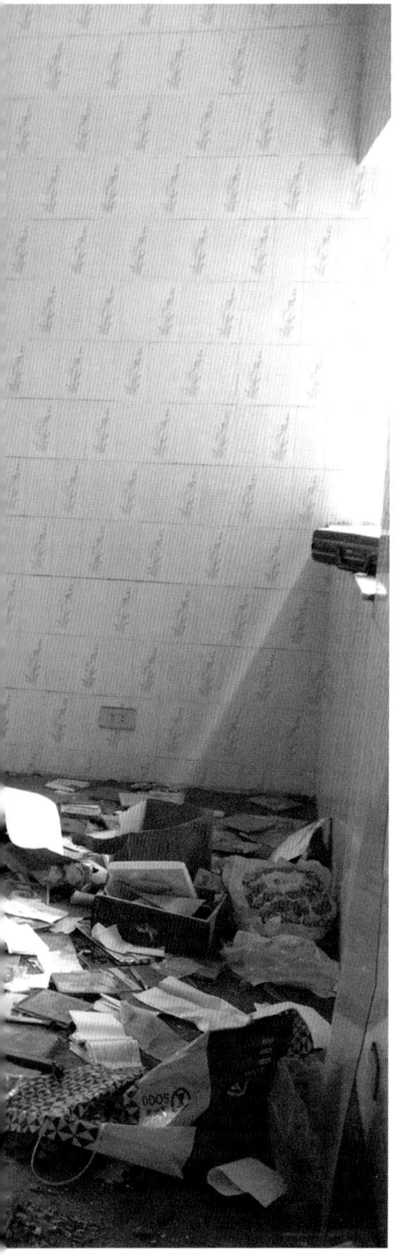

「充滿綠、陽光與空氣的光輝社區。」一柯比意（Le Corbusier）

廣場上的紀念碑悄悄傾塌了，鳥兒在飛行途中因此失去了航程座標，而你卻在下一秒便豎起了頌讚未來的高塔，開啟了一段新歷史，宣示著遲來的空間勝利。但此時我仍想告訴你一些什麼，關於我為自己選了甚麼樣花色的壁紙，關於屋內房廳的落砂塵埃，關於這座城市的興盛與衰亡，在過度飽和的色差顯影當中，在舊場景的暗淡畫面之中，手執的相機似乎反覆對我敘說一座現代廢墟的降臨。

頹圮一聲化為廢墟，無時無地不存，吉光片羽的記憶海面上掀起一陣陣漩浪，彷彿是歷史颶風由遠方帶來的訊息。你說建築就像是在水上蓋房子，城市就如同一座大海，而我們都活在夢的深處，想像記憶。我悄悄聽見你的再次歎息。既然如此，終有一日我的生命必將與你交錯重疊在兩處時空當中，我會看見你的身影在水面下游移如魚，而你則會望見我乘坐在泡沫上對著你俯首拈笑，到了那時候，建築師與居住者，攝影師與被拍攝者，均將成為同一個人。

「記憶者，與被記憶者」你說。

我會試著把你的名字刻入海洋，你的臉孔及你的表情都將成為這座城市的一部份。在此刻，我們行走在你所建構的城市當中，並且預言她終將成為廢墟，那是永遠無法改變刪除的未來，一個快門、一次歎息。你的聲音在我耳邊響起，喀搽‧‧‧‧‧‧於是你就這樣留在自己一手建立的廢墟裡了。海浪正從遠方而來，日照同樣強烈，而你現在（當下的這一秒鐘），既不在那兒，也不在這兒，而是留存在我的記憶卡中，一個消逝的畫面，一座建築在水上的城市。

「**住宅乃是居住的機器**。」—柯比意（Le Corbusier）

然而，或許其中一種說法將會消抵我們之前所有的說法，假如你走出頂樓公寓，站據在天光一角的屋影當中，向外遠眺，一處座落在遠離都市邊緣，安置於廣場中央的居住單元便會立即吸引你的目光——沒有一處樂園僅屬於天使光環高度集中的那一點，當我從詩人的小陽台上窺看你的神情時，那充滿狂喜的（含括著些許歎息）焦慮踱步便說明了一切。

我就這樣看了你一個下午，以永恆性測量的姿態；那些日久以來的感懷建構了另一座古老的地下都市。你做為指揮家所採取的演奏法是：「一種內部形式的詩狀結構。」我想像著你心中描繪的那座（空間不斷向外擴張）綿延城市，一份黃金比例構成的藍圖在平靜無波的海岸邊記下遙遠的瞬間。而我早已走到了盡頭，於是你開始運送媒材，組合媒材，並將一些重要的訊息曝曬在強烈的日照下，像突然憶起的某個人的名字，你不由得召喚他的過去。

夏天就要到了，海面上不可思議地湧現著一陣陣短暫的潮浪，現代的氣息由島的南方吹向整片世界，堅韌的地基鞏固著上層建築，彷彿是由陌生的沉睡中剛剛甦醒過來一般，昂立於地表之上。我看著你持續對著街道上的行人發表徒勞的演說，我隱約感覺到除了形塑出來的關係外，我們之間幾乎是不曾對話的，你像是一個高明的抄寫者，原封不動地將我的每一枚詞句複製給我。但總有一些更重要的什麼在我們昏昏欲睡的時分漸漸消失：「夠了！」你說……

國家圖書館出版品預行編目資料

因數位而美麗：第一屆 BenQ 真善美獎作品大賞
明基友達文教基金會策劃．——初版．——
臺北市：大塊文化，2007〔民 96〕
面；公分．——（tone；12）
ISBN 978-986-7059-85-7（平裝）
855　　96008293

LOCUS

LOCUS

LOCUS

LOCUS